目次

［新版］方法としての戦後詩

装幀——伊勢功治

再刊にあたって

詩集以外ではわたしの最初の単行本となった長篇評論『方法としての戦後詩』を三十七年ぶりに復刊することになった。この本はわたしの三十代前半の仕事であり、いまとなってはいささか気恥ずかしいところも多く、なにをいまさらという気がしないでもなかったが、あらためて読みなおしてみると、これはこれでひとつの時代の証拠物件と言えなくもなく、なによりも自分にとって愛着のある本でもある。そしてこれはもはやいまの自分には書けないような仕事であることを確認することにもなった。

本書の巻末にある「花神社版あとがき」に記してあるように、本書はわたしの個人詩誌『走都』での五回にわたる連載がその原型を成している。《この長篇評論を書き進めるにあたっては、自分が詩を書き、詩やことばについて考えていくうえで手ぢかにある（と思われた）〈戦後詩〉なるものを渉猟し、それを検討することを媒介として詩の〈現在〉、ことばの〈現在〉へみずからを運んでいこうという企みが孕まれていた。そのことは必然的に〈戦後詩〉のさまざまな達成を現時点で評価しなおすとともに、それに照らしあわせるようにして、いま現在書きつがれている詩作品について批評したり肯定的か否定的に対応したりする作業を連繫させることになった。だからこの評論は、それぞれの部分が書かれた時点において、〈戦後〉という時間と〈現在〉という時間の二つの契機を重層させているという意味で、広くも狭くも時評的な性格をもっていたはずである。そうしなければ、いまだ終わらざる〈戦後〉時間の、どこまでもアメのように伸びる時間の稀薄化のなかで、みずから〈戦後〉の解体と〈戦後以降〉の時間を体現しうるような構想を抱くことすらできないと思われたからである。静態としての完結した詩史ではなく、みずからがその一モメントであるような〈戦後詩〉的時空間のなかでのことばとの格闘を対象化しようとするかぎり、こうした方法的対応は避けられなかった。》——このように書きつけて『方法としての戦後詩』は花神社から一九八五年に刊行された。詩における戦後責任論など、論及の不十分な問題や、本来なら言及されてしかるべき詩人の多くが欠落していることなども気にならなくはないが、それは当時のわたしの認識不足や時代の制約もあり、いまとなっては復元不可能な問題である。それにいまだったら、言語の隠喩的本質にもとづいた詩の別の解読＝解釈によるもっとちがった戦後詩論を書くことになるだろう。それは昨年刊行した『言語隠喩論』（未來社）の原理的思考のもとに具体的に検証をはじめた、日本近現代詩史におけるフィールドワークにおいてすでにおこなってみているところであり、戦後詩人もその一環として取り組む予定である。

ところで、元本を刊行してくれた花神社も先年、廃業してしまい、単行本化を花神社の大久保憲一さんに慫慂してくれた大岡信さんも世を去られてしまったいま、入手も困難になったこともあり、それにもまして、現代詩の展開がますます混迷の度を深めているいまこそ、現代の詩が詩の内在的根拠を見失うことなく、これからも詩として書き継がれることができるためには、本書のような愚直なほど時代に則して現前する詩と格闘してきた批評的な仕事は、すくなくとも心ある読者にはいまでも読みなおされていいのではないか、と思うようになったのである。〈戦後詩〉という概念が当時においてもすでにそうであった以上に、いまでは旧態依然とした主題にすぎないように見えるとしたら、本書で論じられた問題が当時からどれだけ進展しているのかを考えてもらってよい。たとえば北川透が最近著『北川透 現代詩論集成5 吉本隆明論――思想詩人の生涯』（思潮社、二〇二三年）で戦後すぐの〈死の灰詩集論争〉について述べているように、《時代の推移を映していく詩のうわべの姿は、まったく変わっているように見えるけれども、ことばを支える根底の迎合意識において、その方法的無自覚さにおいて、いまなお戦争詩や愛国詩は書き継がれている、とわたしたちも思った方がいいだろう》（二五八頁）という詩の原理的な問題は簡単に解決されることはないのである。

再刊するにあたっていくらかでも加筆する必要があるかもしれないと思いつつ、何度も読みかえしてみた結果、文体や表記のしかたなどもいまとさして変わっていないことを発見したのは、思いがけない僥倖でもあった――それは進歩がないことの証しかもしれないが――。ことばの根源にひそむ日本という共同体（天皇制国家編制）の底に沈む社会の〈闇〉とリンクした言語の闇に執拗にこだわるなど、若さゆえの思い込みや一面性なども目につくが、それなりの勢いというものもあり、問題意識も当時とは変わってきていることもあって、むだな努力は断念することにした。

わたしが現代詩にかかわろうとしたのは二十代後半からという遅い出発だったこともあり、いまもそうだが、詩人との交流はきわめて少なく、『方法としての戦後詩』などはそんなに多くのひとに送っていないはずなので、この本は詩壇的にはあまり話題にされずに終わった。それでも意外なひとが読んでくれていることがわかったりすることがあるから、やはり残すべきものは本として残しておくのがよいと思うようになった。わたしの詩的キャリアは四十代半ばからまたしても長い中断に入り、ここ数年で現代詩に「復帰」したという経緯があるので、古くからのつきあいのある詩人もふくめてその後につきあいの生じたひとたちにはわたしのこの若いときの仕事はほとんど知られていないはずである。しかし、わたしの最近の仕事に関心をもってくれているひとたちはおそらく興味をもってくれるだろうと信じられるフシがあり、本書の再刊を決意する動機にもなった。

そういうわけで、再刊にあたり、表記の一部を改めたことがあるぐらいで大きな修正の必要を認めなかった。というより、それなりにコンパクトに書けているので、修正することはできなかったというのが真相に近い。その代わりにいくつかの注を追加したところもあるが、これもやりだすとキリがないので、最小限に抑えてある。

本書は「転換期を読む」シリーズの一冊として復刊される。敬愛する八重洋一郎さんに「解説」を書いていただけたことはうれしいかぎりである。これを機会にすこしでも多くの読者の目に触れるようになることを願ってやまない。

二〇二二年七月吉日

著者

序　章　総括と展望への視点

1

『現代詩手帖』の昨年（一九八一年）十二月号の座談会「崩壊現象の中の個我」のなかで、出席者のひとり渋沢孝輔は最近の新しい詩の動向について次のような発言をしている。
《……その新しさというのは、そのへんにいくらでもあるような風俗としての新しさではなくて、僕なんかも含めての戦後詩というものをまるごと対象化できるような、そういう視点を持った人が出てきたという感じです。》
この指摘はまったく正当にひとつの時代の潮流の変化をかぎあてていると思う。この認識は、わたしたち戦後生まれの世代にとって、ある意味ではしいられた必然として存在するある内的要請のひとつの帰結にすぎない仕事を、その現象としての側面からしか理解できていないのではないか、というもどかしさも感じられるのである。
四年ほどまえ（一九七八年）、吉本隆明の『戦後詩史論』が出たとき、ああ、これは吉本さんの詩史論的関心の終着点だなと考え、それはそれでできうるかぎり主観を排した叙述にこめられた吉本の気宇を感じないわけにはいかなかったが、それにもかかわらず、この戦後詩史のまっただなかを生きてきた吉本自身からは、この戦後詩総体を内在化することでみずからの表現の根拠を見出そうとするわれわれの世代に個有の課題と共通する問題意識はもはや期待すべくもないことを痛く思わざるをえなかった。いまそのことをあらためて思いだす。

戦後詩はすでに三十六年を走りつくした。吉本も渋沢も戦後詩史のなかにそれぞれ個有の位置を獲得している詩人には違いないが、彼らを包括している戦後詩史はそのものとしては十分な批判と総括を与えられているとはおよそ言いえない。逆に言えば、新たな照明を与えることによって、戦後詩史をかなり大きく読みかえていくこともできるというわけだ。全体の見取り図が変われば個々の詩や詩人の評価もまた変わらざるをえない。

戦後詩のほとんど全体にわたって直接かかわってきた人たちにそれを対象化してとりだしてみせるような離れ技は不可能であろう。そのような対象化の作業は、戦後詩を既成の全体的秩序として与えられてきたわたしたちが、みずからの表現を獲得しようとするとき必然的に生き直さなければならない他者の言語、他者の経験としての戦後詩総体をみずからのうちにかかえこもうとする方法で武装することではじめて可能になる作業ではないだろうか。その意味で戦後三十六年という歳月は、ひとまずの総括と展望を与えるに必要かつ十分な歴史であると言ってよい。

わたしたち戦後生まれの世代にとっては、〈戦後詩〉というカテゴリーそのものがほんとうは実感としては遠い。そして〈戦後〉もまた〈戦前〉〈戦中〉と対比されてはじめて意味をもつ概念であってみれば、わたしたちの〈戦後〉とは二つの極をもたないのっぺらぼうの時空間――すみからすみまで〈戦後〉のなかにとりこまれている時空間でしかないのである。したがって〈戦後〉は体験としてもつことができなかったがゆえに、概念のいっそうの抽象化を遡るかたちでわたしたちの想像力のうちに喚起しつづけなければならないある空間性でしかありえない。同じことは、まだ小学生のうちに遭遇した戦後最大の政治決戦としての六〇年安保についても言える。それはみずからの思想を確認しつつ歩を進めるという思想のラディカルな運動としての意味をになうような〈遭遇〉ではありえなかった。とはいえ、わたしたちの同世代のある者たちに見られるごとく、実体験の欠如をもって、おのれの知らざる過去への思想的遡及を無意味と考えるならば、それは現にあるみずからの存立構造をえぐり出すという詩（を書くこと）にとって根源的と思われる自己対象化の企てを放棄することになってしまうだろう。それは思想的怠慢であると同時に詩の頽廃でもあるだろう。わたしたちの過去への追尋は、目にみえない必然の糸でからめとられているみずからの生の直接性＝身体性をこちら側の可視の構造のなかにとりかえすための思想的暗闘の様相を呈するはずである。

さきほどの渋沢孝輔の発言に関連してもうひとつ思い起こしたのは、同じく『現代詩手帖』の昨年（一九八一年）八月号に掲載された吉本隆明・鈴木志郎康の対談「表現意識の変容」のなかでの吉本の次の発言である。

《日本の近代詩からあとの歴史の中で、詩人が言葉ということを気にしたのは二回あって、一回は

明治の末、つまり象徴詩で、薄田泣菫とか蒲原有明という人たちの頃と、ここ五、六年との二回だけですね。……》

このあたりの断言の呼吸は吉本ならではの単刀直入さを示しているが、言われていることには、ちょっと待てよ、と留保をつけたい気がする。泣菫・有明の象徴詩が日本近代詩のなかにはじめてことばそのもの、ことばの肉質への関心を示したというのは詩史的常識とみなしてよいからいまは措くとして、もうひとつの、最近の数年間における新たなことばへの関心という把え方に首をかしげざるをえないからである。おそらく吉本の〈修辞的な現在〉という規定に直結する把え方がここにも示されているのだろうが、わたしにはこの数年が他の時期にくらべてとりわけ〈修辞的〉とも思わないし、ことばへの関心が高まっているとも思わない。事態はむしろ逆ではないか。吉本の〈修辞的な現在〉という規定にたいするわたしの見解はすでにほかでも書いたからくり返さないが、要するに、ことばへの関心の高まりがほんとうにあるとすれば、それは必ずや表現の新たな展開をともないながら思想的にも充実したうねりを現出するはずではないか、と思われるからであり、しかるに現在の詩はそのような高揚期にありえようがないではないか、というのがわたしの基本的な認識だからだ。このような発言はいくらか軽率に（対談だから!?）なされたにすぎないのかもしれないから、あまり細部にわたりたくはないが、いずれにせよ、この部分を読んだとき、その一瞬の眩惑にいささか狼狽させられたことを覚えている。

ところがこうした非論証的な（わたしから言えば誤謬の）発言をうけて、さらにその先へ進もうとする者があらわれる。同誌昨年（一九八一年）九月号の佐々木幹郎の〈手帖時評〉「変容をどう捉えるか――「言葉定型」がそれである。すでに引用した吉本の発言を引いたうえで、佐々木は「言葉へのこだわりという面から言えば、確かにこういう見取り図はひけるように思える」云々と無条件に吉本説を認めてしまっている。さらに「詩人達の関心が言葉そのものにしぼりこまれてきている現状」なども平気で佐々木は書いている。しかしながら、わたしに言わせれば、詩人の関心がことばにしぼりこまれたから危機なのではない。ことばのなかでことばをそれ以外のものに繫留させる関係が奪われつつあるからこそ危機なのであり、その危機のあらわれがことばそのもの（＝〈修辞〉）への関心となってみえるにすぎないのである。程度の差はあるにせよ、ことばに関心をもたぬ詩人などほんとうに詩人と呼びうるだろうか。そして本質的に言語を探求せずにいられない詩人が不可避的にことばの新しい断面と向きあうことと、現実の表層の変化に対応して手持ちのことばにすぎないものに新しい衣装を着せることとの、似て非なる表現構造を区別しないでは、現在の詩状況を根底から再転倒させることはできないのである。誤解のないように言いなおせば、〈修辞的な現在〉がないと言うのではない。そのような一見すると普遍的な現象のなかにわずかな可能性を見出し、それに賭けようとすることがもとめられているのだ。

わたしがこれから書きたいと思っている戦後詩論はいわゆる〈詩史論〉的体裁をもたないだろう。時間軸にそって因果論的な秩序を構成していく手だても準備ももたないからである。にもかかわらず、わたしにはわたしなりの個人的なモチーフがあり、それは漠然としていて書いてみないとわからないが、ただ、これまでの詩史的考察の多くに十分満足することができなかったという実感に根拠を得ていることがひとつと、みずから詩を書き、書きつづけるうえで必要な養分を戦後詩から系統的に吸収していきたいというもうひとつの理由とが、わたしに壮大な意欲をかきたてさせるのである。

ここであらかじめ方向指示器をだしておけば、わたしの想定する戦後詩論の輪郭がいくらか見えてこよう。これは当面の課題を見えやすくすることで、だれよりもわたしにとって切実な手続きである。

2

わたしが考える第一のモチーフは、戦後詩をいま現在の地点から総体として把握することに力点を集中することで、ひとまず詩史的因果関係を歴史の彼方に没しさらせてよいとする視点を確立することである。現代詩を戦後直後から順繰りに追ってゆく通史的詩史論のようなものとしてではなく、いま現在書かれつつある詩を基軸として、そこに戦後詩の総構造がいかなるふうに貫通しているか、その貫通しているものの正体（構造）をつきとめると同時に、その貫通の度合、その貫通構造をさえも一挙に明らかにし、変革していく方法を探究するための仕掛けとしての詩史論というものをわたしは考えようとしているのである。いわば詩の現在をたえず変化する同時代性の広がりとして空間化してとらえるとともに、そこに戦後詩が累積した経験、表現の今日的意義を投げ入れて検証する手続きをとってみようというのである。言うまでもないが、現在書かれている詩の言語は、どの時代の詩的言語もそうであったように、近くは現在の言語状況によって規定され、遠くは戦後直後から今日にいたる詩的言語の歴史の集積によって規定されている。もちろんこのさらにむこうには新体詩以来の日本近代詩の脈々たる詩史の流れがあり、もっともっと淵源をさかのぼれば、最後には古代日本の和歌・歌謡にみられる言語表現の自然発生史にまでゆきつく必然をそれはもっている。日本語で書かれる詩である以上、それらがありとあらゆる表現に刻みつけられた言語(日本語)の歴史をたたみこんでいるのは当然である。したがってほんとうの問題は、現在の地点からこのような逆照射の方法をたどってどこまで遡ろうとするかという意志と膂力の問題に帰着すると言ってもよい。わたしがこの詩史的遡及を第二次大戦敗戦直後までに限定しようとするのは、たんなる便宜的手段であると言えば言えるかもしれないが、それ以上にいま現在をふくむ戦後的時空間の問題がいぜんとして未解決のままだという認識があるからである。いずれにせよ、詩の問題をどの時点で切りとってみても、それぞれの過去を幾層にもかかえこむかたちで個々の詩は存在しているのであり、そのパースペクティヴのとりかたによってそれぞれ異なった対象化も可能なのだ。わたしの指向する戦後詩論もこの多面性・重層性の一部をなすという属性を免れるものではないし、免れようとも思わない。あえて戦後詩に限定しようというのも、戦後詩の総構造をその与えられた時間枠のなかで徹底的に煮つめていくことでとりだしてみたら、いったいどんな相貌がみえてくるか知っておきたいからである。わたしが求めているのは正解ではない。いや、そう言って悪ければ、ここから抽出されるだろう〈戦後詩〉像は暫定的な結像にすぎなくても、次にくるべきものへの媒介の役目を果たせればそれでとりあえず十分なのだとわたしは考えている。日本近代詩の全体像のより大きなパースペクティヴのなかにこの〈戦後詩〉像をひきすえてみるときがくれば検証すべきものが何であるか、あらためて問い直せばよいのである。わたしが狙いをさだめようとしているのは、あくまでもいま現在の詩のなかに、これまでの各時代において、その固有の時代的枠組み——想像力、個人幻想の時代性——のなかで個々の詩人がそれぞれの必然において見出し方法化しなければならなかった表現論（表現意識）と、その表現論（表現意識）が実現しえたものとしての詩的言語の遺産に対応する指標を読みとることである。そこには詩史の論理的帰結として小さく結像した現在の詩がみえると言うのではなく、逆に、いわば現在の詩のなかに詩史が倒立した像を結んでいるというふうにいま現在の詩を読みたいのである。こうした見方は必ずしも現在の詩を無条件に肯定することにはならない。いまの詩のなかで詩史の像が実像のように見えるとしたら、むしろその詩があやういのだ。倒立して結像するということは詩史が虚像として見えていることであり、詩が書かれる必然のうちには少なくとも詩史を虚像と化す表現意識の新たな逆転がふくまれていなければならないからだ。

以上のような視点の確立を急いだところで、戦後三十六年のあいだに書かれた厖大な詩の集積に新たな脈絡をつけていこうとするわたしの戦後詩論の立場はかなりはっきりしてきたのではないかと思う。すなわち戦後詩を方法として選ぶということである。戦後詩総体をひとつの現在とみなし、その現在を、古代から近代におよび戦争期までをふくみこむ広義の詩史全体にたいして対象化する、もうひとつ大きな詩史論へのヴェクトルはここではひとまず捨象される。ほんとうはそうしたパースペクティヴからみれば、わたしたちの詩の現在にも深く貫通している問題は、どこかで消滅、解体していないかぎり、古代ないし中世から近世・近代のどこかで孕まれた問題のなかにその根源をもつことを明らかにしうるかもしれない。いまは戦後詩をひとつの全体とみたて、そのなかで現在の詩の動向を解明するという作業に向きあおうと思っているわけだが、これはあくまでも方法として戦後詩をひとつの連続的かつ非連続な時空間の構造性としてとりだすことを意味しているにすぎない。そしてこの戦後詩論が閉じられつつ開かれているだろうことは、方法として選ばれた密室性それ自体が現在への絶えざるインパクトの提供とさらなる過去への遡及という二重の回路を保持しつづけなければならないように性格づけられているからである。

わたしの考える詩史論の第二のモチーフは、ここまで書いてきたことからもすでに明らかなように、徹底して〈戦後〉にこだわり、〈戦後〉を問いつめていきたい、という点にかかわっている。日々拡散と風化を強めているようにみえる現在の生活のなかに、〈戦後〉の意味もなしくずしに解体されようとしている。というよりも〈戦後〉という概念はわれわれの実感のなかでは、あえて呼びもどすかのごとくにしなければ意味をもちえないように存在している。そして〈戦後〉はおろか、第二の〈戦後〉としての六〇年安保闘争にも出会わなかったわたしたちの世代は、かろうじて第三の〈戦後〉として六〇年代末の大学闘争を体験しているにすぎないが、いまからふりかえれば、あまりにも切実だったこの運動のなかに〈戦後〉を決定的に止揚する契機がひそんでいたことはまぎれもないのである。当時の社会的にもある程度高揚した雰囲気から現在の退潮までほぼ一直線の後退は、少なくともこの〈戦後〉否定の契機が内在的にいまだ持続していることを否定するものではない。

〈戦後〉は不可視のものに作為され、棚上げされればされるほど、その幻想性において〈戦前〉へ先祖がえりをしようとする。その本質においては戦前天皇制の温存・復活という局面にあらわれる退行的方向と、アメリカ資本主義との経済的確執にみられるテクノクラート主導の超近代化的方向との、相矛盾する重層構造の断裂に棄ておかれようとしているのがわれわれの現在の姿であり、この地点に身をおく者として、いま現在の日本はいぜんとして否定すべき〈戦後〉過程にあることは見まちがいようがない事実なのである。☆1

端的に言って、〈戦後〉がひとつの価値であり、つまり可能性をもった開かれた世界を意味するならば、それはすでに〈戦後〉という中間的な時代性であるみずからを止揚しているはずである。今日の支配体制のイデオローグたちはそのような文脈において〈戦後〉の終焉を説きまわっている。これがきわめて思想的なデマであることは、敗戦直後のＧＨＱによる支配政策が旧日本帝国主義の再編的テコ入れにすぎなかったという当初からの支配者論理がいまも一貫して堅持されている事実にてらしても、明らかである。象徴天皇制なるものがいかなる妥協的取引の結果であるか、それがより近代的な衣裳がえにすぎないかを思いあわせるまでもなく、このような国際級戦犯をいぜんとして延命させている社会構成と支配の構造が本質的に可能性としての世界の実現を阻害していると言うべきである。このことは政治領域の問題であるのみならず、書く主体が深いところでみずからの生活を解放し、また生活から解放されなければならない関係構造にある詩の領域において決定的な相貌を呈するのだ。悲しいかな、わたしたちのまわりを見わたすと、底深い挫折感と諦念とが大勢を占めている。凡庸な精神たちのみが、支配体制によって枠づけられレールを敷かれた感覚的消費的世界にその無邪気な享受力を競いあっている。このような不可視の地獄絵を透視するものにとって、少なくとも敗戦直後にはまだ可能性を残していた〈戦後〉がいかに未発のまま現在まで繰りこされてきたか考えざるをえないのは当然のなりゆきであったと言える。

わたしの〈方法としての戦後詩〉というモチーフは、菅孝行の『戦後精神』（一九八一年）に示された戦後「民主」制と戦前天皇制との地続き的な連続性をいかに止揚するかという発想に強く示唆されている。菅によれば、戦後文学は、戦争責任論による本格的な戦争期→戦後の検証がなされるまで〈戦後文学〉たりえなかった。そしてわたしもこの指摘にはまったく同感であるが、それでは〈戦後詩〉についてはどうだろうかというところで、こうした方法的認識の再検討は詩にたずさわるわたしたちがになわなければならず、また、明らかにしなければならないと考えたのである。

こうした観点からあらためて〈戦後詩〉の問題に目をうつすとき、まず最初に明らかにされなければならないのは、詩にとって〈戦後〉とはいったいいつはじまったのかということになろう。さらにはその〈戦後〉を何をもって終焉させるのかというところに問題をゆきつかせる必要がある。

明確な時代区分として一九四五年八月十五日という日付とともになにはともあれ実体化された時間概念である〈戦後〉は、詩においては言語なり言語的イメージなりに媒介されてはじめて対象化される観念でしかない。ということは、ある作品がすぐれて〈戦後〉的であると言いうるためには、その作品を構成する言語の内部に、戦後の時間が作品構造としてくりこまれていなければならない

☆1　このあたりの時代認識は二〇二二年現在、すこし風化してきているようにみえるが、基本的には変わっていないと思う。

ということである。言いかえれば、〈戦後〉をいかに媒介するかが〈戦後詩〉の最大のモチーフであったし、今日においても戦後以降の時間をくりこむことはいぜんとして詩のモチーフたりつづけるだろう。一般に、表現におけることばは時間を幾層にも重層化させたところの意味とイメージの構造体として機能するが、とくに詩においてその機能を十分に発揮させることは、未知の意味とイメージをそこにひきいれようとする表現意識と複合されて、いわば必然の動機をもつ。新しい意味とイメージをさぐることは、同時にそこに新しい時間の契機を導くことである。ことばはたえず新しい時間と出会うことによってその意味を蘇生させ、また新しい価値を付与されるのであるからだ。ことばの意味とは時間の関数であるとも言えようが、時間性の構造を、解体すべき過去の歴史過程からそれだけ救抜しようというのではなく、むしろ、これまでことばに蓄積されてきた時間の総量をすべて引き受け、未知の時間へ投げかえすことをもって、新たな構造をもった時間をこそ獲得しなければならない。それが詩のなかでもとめられれば、現在のことばの状況をうちぬく表現が見えてくるにちがいない。これは詩の領域に限定された課題にとどまるどころか、世界像の問題であり、思想領域にわたるさまざまな問題に独自の視座から切りこみを入れることを詩にもとめる立場にほかならないのである。

〈戦後詩史〉のありうべき全体像と、そこから次に展開されるべき真の〈現代詩〉の動向を模索しようとするとき、手がかりになるのは実体としての戦後詩ではない。あるいは、限定づけて言うならば、戦後革命への期待の地平にあった敗戦直後の短い一時期のみが可能性を秘めた〈戦後〉としてかすかに想定しうる像である。だが、これは社会史、思想史において問われなければならない問題であって、詩史の領域の問題としては、たとえばこうした〈戦後〉像がいかに表現として成立しえているか、しえていないかという視点から独自に問われなければならない。もちろん、敗戦直後に成立しえていたかにみえる〈戦後〉像も、いまからみてそうだと言うにすぎず、当時の渾沌のなかにあっては〈戦後〉という理念の確立などありえようはずもなかったであろう。ただ、そうは言っても、いまだ視えてこない何ものかに苛立ちながらも新しい理想を追いもとめていた人びとは少なからずいたわけである。問題なのは、そのような人びとが詩の表現にむかったとき、それが、一方では『荒地』派の詩としてあらわれ、もう一方では、多かれ少なかれ苛烈な戦争詩、翼賛詩を書いてきた年長の詩人たちのそれぞれ微妙に屈折した戦後的再出発があるにすぎなかったということである。のちに検討することになるだろうが、『荒地』派グループの詩こそ〈戦後詩〉の出発であるとする詩史的通念は、彼らの理念が脱ナショナルな、西欧合理主義的な理念にすぎなかったこと、したがって戦後日本のかかえこんでいた渾沌を、それと全的に格闘することによって詩的表現として獲得するという過程を十分に踏んでいないこと、その意味でありうべき戦後詩をその出発期においてすらトータルにはない切れていなかったことなどの理由によって、少なくともかなり徹底的に解体してしまう必要がある。委細はここでは触れることはできないが、この作業がつらぬかれるならば、『荒地』グループの詩史における正当な位置づけを与えることができると考えている。[☆2] それはこのグループのなした仕事を否定しようと言うのではない。ただ、ここでわたしが確認してみた

☆2 この問題にたいしてはのちに『単独者鮎川信夫』思潮社、二〇一九年、において鮎川信夫について試みた。

いのは、彼らのつくりだしたものはありうべき〈戦後詩〉のひとつの出発のしかたにすぎなかった、ということである。逆に言えば、彼らの仕事以外のところにも〈戦後詩〉の可能性を探ろうと思うのである。

いま〈戦後詩〉の再検討という要請は徐々にその内圧をつよめてきている。その理由としては現在のことばの状況のなかに詩の書き手たちの全存在が囚えられており、いわばことば以外の価値からことばへと結んでくる関係が不可視のものとされ、あるいは断ち切られているという事態があげられる。こうした事態の新たな展開をうけて、たとえば北川透のように、これまで鮎川信夫や吉本隆明の仕事にしかるべき眼差しを注ぐことにみずからの批評的野心を賭けてきた人が、あらためて『荒地』グループの詩史的な再検討をおこなっていることに瞠目せざるをえない。すなわち『現代詩手帖』で断続的に連載している「詩の奪還＝〈荒地〉の生成と変容」がそれである（のちに『荒地論――戦後詩の生成と変容』としてまとめられた）。すでに書かれた論考にも教えられる卓見が多く、おそらく『荒地』グループに隣接する戦後世代のなかで北川ほど『荒地』や鮎川、吉本について語りえた人はいないだろう。だがわたしたちは、そのようにみずからの先行世代としての『荒地』グループを論じている北川らの世代をも対象化しなければならない位置にきている。この位置から、北川（ら）が『荒地』グループについて語ったように、北川（ら）を語り、また、北川（ら）が『荒地』から何を受けとり何を拒否したかを見届けなければならない。『荒地』グループに関して言えば、北川（ら）の批評のモチーフをも繰りこんだ批評の二重性として『荒地』論を書くことがわたしたちに課された問題であるにちがいない。これはつまらぬ世代論として言うのではなく、批評の仕事としての正当な筋道と考えて言っているのである。わたしが北川（ら）に望むのは、彼らの世代としての必然的経路を徹底的に追いこんでいってもらうことしかないと言うのみである。[☆3]

おもしろいことに、北川（ら）よりも少し前の世代である大岡信らの世代は、『列島』グループの人たち（関根弘、長谷川龍生、黒田喜夫ら）もふくめて、『荒地』グループについてあまり熱心に論じていない。かつて吉本隆明が指摘したように（「日本の現代詩史論をどうかくか」）、戦後直後の混乱を脱したあとの日本資本主義の相対安定期に詩的出発をとげた世代として共通の時代的母斑を負っているという意味では、この詩人たちは『荒地』派的な〈戦後〉意識は稀薄である。したがって『荒地』グループの詩や詩人たちについて彼らが北川（ら）のようには語っていないのも当然かもしれないのである。この世代を代表する大岡信の批評が『荒地』をとびこえて戦前のモダニズムへ、さらには近代詩へ、古典へと遡行していく傾向をみせたことには大岡の資質以上の時代的必然が孕まれていたと考えることができる。この点についても、もっと突っこんだ批評がくわえられてよい。この世代の詩人たちはまだほとんど本格的に論じられていないと言ってよいのであって、私見によれば、彼らのなした仕事のほうこそ、『荒地』グループ以上に、今日におよぶ〈戦後詩〉の実質を形成しているとみえるのである。

ところで、〈戦後詩〉の第二世代、吉本の分類によれば〈第三期の詩人たち〉の詩業を現時点で

☆3　この仕事のひとつの例として『北川透　現代詩論集成5　吉本隆明論――思想詩人の生涯』二〇二二年、思潮社、がある。ここで北川は吉本についてこれまで書いてきた仕事を再構成している。

批評的に語ろうとするなら、わたしがこれまで戦後詩論のモチーフとしてあげた二点、つまり戦後時間の全体的構造化の方法（戦後的時空間の限定とその範囲内での時間的遡行の可逆性）と、〈戦後〉の再検討・再評価にもとづく新しい〈戦後〉理念という機軸の設定、この二つのほかに、これらと相関関係にありながら独立したモチーフとして、詩的表出（表現）をめぐる問題の考察をおかなければならないだろう。さきの二つのモチーフを表現主体（書き手）の外部から時代の強制として与えられる契機とみなすとすれば、表現というモチーフは書き手の内部からこの契機に呼応するかたちで出現するものをさし、それらの統一されたものとして詩作品＝テクストがうみだされていくという構図をとりあえず思い描くことができる。あるいは、この第三のモチーフをもう少し広げたところに作品＝テクストが創出される現場を見出すことのほうがより現実的であるかもしれない。というのは詩の表現主体（書き手）の無意識のなかでは、たとえば〈戦後〉理念とか〈戦後詩〉の総体としてのイメージとかから切れた場所でことばと格闘したいという志向が働いているとみなすことができるからである。たしかに現在の詩などみていると、その感が強くならざるをえない。しかしながら、これらは批評的概念であるにとどまらない。戦後詩の経験の集積は作品としてたんに外在的に存在しているだけでなく、詩を書こうとする者にとってひとつの強迫となって表現内部に張りついているのである。いわばそこに表現の規範というものがおのずと成立しているからである。このことに関連して荒川洋治は五年前（一九七七年）にたとえば次のように書いた。

《……私はいま、戦後詩から自由になって机に向かうことができない。戦後詩がうちたてた技術の総体に軟禁されているようなのだ。つまり、詩を書くときに手もとが狂えないのだ。（中略）平たくいえば、へたに詩を書けないのだ、へたに詩を書くことは、戦後詩三十二年がもたらした技術（ここにすべてが集結する）を何一つ見なかったと同じことになるのだ。》（「技術の威嚇」、のちに『詩は、自転車に乗って』所収）

ここで荒川の挑発にのって、詩は技術ではないなどと言ってもはじまらない。〈技術〉を表現とか喩の〈規範〉とおきかえれば（このおきかえは荒川の発想とは根源的な異和をもたらすものであり、それをこえるはずのものだが、それにもかかわらず）、荒川の言わんとすることはしごくまっとうなことで、いたずらに反発しても意味がない。むしろ書き手の指先の感覚としてはきわめて正直な感想にすぎまい。わたしとしては、荒川の言う〈戦後詩がうちたてた技術〉というものにもっと大きな関心と評価を与えるべきであり、それらにたいしてこそ〈修辞〉という概念を与えるべきだと考えている。これらの〈技術〉は戦後詩が達成した最高の表現をふくむものであり、みずからは〈規範〉へくり入れられながら絶えずこれまでの最高水準を抜こうとする意識によって支えられている。当然のことながら〈修辞〉とはことばに密着しつつ分離しようとする表現意識であり、その二律背反性はつねに〈修辞〉の危うさを同在させている。だがことばはいちど表出されてしまえば、ひとつの〈規範〉と化すことは免れざるをえないのであって、創造性として発見でもあり価値でもあった詩のことばは時とともに定着された意味として〈規範〉のなかにくりこまれる。このプロセスをいかなる詩も表現も避けることはできないが、それでも詩（表現）はこのプロセスの先取りを価値として見出しつづけることを本質的な欲求とするのである。この価値をことばの水準でみれば〈修辞〉というのであって、固定化されたプロセスの反復学習の分類法としてふつう呼ばれる学としての修辞と区別されなければならない。

さて、このような言語の価値の問題をはじめて表現論のなかに導いたのは吉本隆明の『言語にとって美とはなにか』であることは人のよく知るところであろう。

《おそらく、喩は言語の表現にとって現在のところもっとも高度な撰択であり、言語がその自己表出のはんいをどこまでもおしあげようとするところにあらわれる。〈価値〉としての言語のゆくてを見さだめたい欲求が予見にまでたかめることができるものとすれば、わたしたちは自己表出としての言語がこの方向にどこまでもすすむことをいいうるだけである。》

ここで〈喩〉と呼ばれているものが表現の機制のなかで最高度の価値を付与されているのをみることができる。ところでわたしの言う〈修辞〉とはこの表現の機制そのものをもさしているのであって、〈喩〉そのものに先験的な価値をみようとするのでなく、個々の〈喩〉を成立させている表現の構造に価値の源泉をみたいと考えるのである。[☆4]

吉本の表現理論が〈価値〉という概念をはじめて問題にすることができたのは、〈自己表出〉—〈指示表出〉という独自の概念規定を掘り下げることを通じてこの二項のたたかいが言語表現の本質をなすという理解がうまれたことによっている。この理論的探究にはたしかに目ざましい成果もあるが——そしてこの仕事こそ吉本隆明の詩人としての個有の必然が表出した独自の価値であり、戦後詩史がこのような高度な理論的構成をうみだしている事実は誇ってよいことだと思われるが——、たとえばここで〈喩〉の問題が徹底的に掘り下げられていかなかったところに、後年、『戦後詩史論』での〈修辞的な現在〉という規定の不毛さとなってあらわれてしまったのではないか、とわたしはみるのである。もちろんこの書が書きすすめられていった六〇年代前半の日本においては、吉本が依拠しなければならなかった修辞学関係の書物はおそろしく貧しいものでしかなかったことを考えあわせれば、ほとんど徒手空拳でこの領域を突きすすまなければならなかった吉本をだれも非難することはできない。ただ、『言語にとって美とはなにか』の成果から『戦後詩史論』まで吉本自身が、表現論にかんしてなにもつみあげることなく終わっていることは見のがしてはならないのである。

ここでひとつの構図を思い描いてみることができる。

吉本隆明にとっては〈修辞〉的な全体像でしかないものが、若い世代の荒川にとっては戦後詩が累積した〈技術〉でしかない。吉本にとっては（とくに）若い世代の詩人たちの詩は表現の核のようなものを失なって、ただことばの意匠面における新しさのみの追求に終始しているが、荒川（たち）はそれこそ詩の表現者としての立場から戦後詩の現在的なのりこえをはかっているつもりなのである。もっとも、荒川の〈技術〉という概念は、そもそもいくらか論争的に場当り的に提出された気味があるとはいえ、あきらかに不毛な概念である。〈技術〉のむこうにはどこまでいっても〈技術〉以外のものが浮かびあがりようがないからである。吉本隆明の〈修辞的な現在〉が現在の時代状況におけることばの自閉的傾向を全体としては正確におさえこんでいるにもかかわらず、そこに吉本自身の詩的表現者としての方向性が見失なわれているために、詩の現場を放棄していると

☆4　吉本隆明の喩論への批判もふくめて、このあたりのことはのちに『言語隠喩論』未來社、二〇二一年、で展開した。

いう印象をぬぐうことができない。それとちょうどつりあうかのように、荒川（たち）には、ことばが〈幻想〉の領域をたちあがらせることによって〈技術〉をこえたなにものかを表現として獲得しようとする自覚した方法がもともとないにもかかわらず、詩的表現者としてはある視えない壁にぶつかっていることを切実に感じている意識がある。要するに、同一の領域の両極に吉本の〈修辞〉と荒川の〈技術〉とがふりわけられている。そしてそれぞれが正当性をもつかのようにみえて、いずれも本質的な規定性を欠いていると言わなければならないのだ。吉本には現在の閉塞したことばの状況を打ち破ろうとする詩的エネルギーがもはやなく、荒川（たち）のほうには表現の根底まで見透す洞察力と批評力が欠落している。おそらく現在の詩の可能性はこの両極を止揚したところにのみあり、真の困難もまたこの過程にのみ集中されているのだ。わたしがこれからとりくまなければならないのは、まだ名ざすことのできないこの過程が孕んでいるさまざまな問題を剔出し、切開し、みずからの個有の表現の可能性に引きつけていくことである。そしてこの問題が主として表現の問題——表現意識の問題、表出構造の問題、作品言語の問題——であることはまちがいのないところであり、ただそこに〈戦後〉理念の再構築、戦後詩総体の空間化・構造化という方法的モチーフを導き入れて風を通してみようというわけである。

第一章　〈戦後〉の意味と位相

1

《〈戦後〉という言葉は、まだ戦争の体験と記憶が生ま生ましかった時期には、さまざまな位相で戦争をくぐりぬけた以後の体験をさしていた。しかし、現在、ここでことさらに〈戦後〉というとき、新たな意味がつけくわえられる。即ち、近代史のなかで位置づけるべき時期にあり、当然位置づけらるべきでありながら、いまもって対象的に位置づけえない時期という意味である。／現在、〈戦後〉は体験としてはしだいに失われつつある。それとともに対象としてあつかうにはあまりに未知なものを含み、自己意識から分離できない状態にある。この〈体験〉としての喪失と、〈対象〉としての未知にはさまれて、近代以後の表現史のなかに〈戦後〉の表現史は存在している。》

吉本隆明が『言語にとって美とはなにか』で〈戦後〉の意味にこのような規定をくわえたときから現在（一九八二年）すでに二十年という時間がすぎようとしている。現時点で言えることは、この規定の基本的枠組そのものはいぜんとしてはずれていないにもかかわらず、〈戦後〉はますます遠くなり、対象化すべきものはますます膨化の一途をたどってきているばかりで「自己意識から分離できない状態」は昂進しているように見えることである。〈戦後〉時間の現実の進行の内側で〈戦後〉が闇へ闇へと追いおとされ、無時間的時間が表層部分をすべて覆いつくしてしまっているかのようである。〈戦後〉がするどく象徴していたあらゆるたたかいは、主体的には日常性という制度のなかで骨ぬきにされ、社会的には争点をはぐらかす巧妙な情報操作によって隠蔽され、圧殺されようとしている。わずかに見出されるのは、体制支配の環のなかで無用となった部分が、矛盾の集約点であるかのように仮装されて血祭りにあげられることのみである。トカゲのシッポにすぎないこの部分は、いわば支配体制の防波堤でもあるわけだ。その余のものはあついヴェールのむこうに何重にも保護されて影すらみえないのである。

こうした状況の思想的・イデオロギー的水準と同位の位相に言語もまたおかれている。というのは、言語のたたかいとそのありようこそが思想的・イデオロギー的状況を端的に表現するはずだからだ。詩の言語がなによりもこの状況を象徴しうるとすれば、まさしく現在の詩の言語は昏迷する状況をむなしく反映している。そこには時間の表層をさし貫いて状況の底を透視しようとする表現の思想化への根源的モチーフが稀薄である。あるいは、これまで詩における思想性の問題にたいして多かれ少なかれすぐれた実作をもって〈戦後詩〉の空間に自己の位相を確保しえてきた詩人たちのうちに、現在の状況がしいる言語の拡散化と無毒化に抗しえず、みずから状況そのものへと流れこむことで風化せざるをえない人たちがかなりいると指摘してみてもよい。〈書くこと〉が状況を切開するに足る力を失なえば、詩とは紙の上のシミ以外のものではなくなってしまう。

そうした意味で、たとえば鮎川信夫がかなり以前（一九七七年一月）に発表した「Who I am」という作品は、まがりなりにも戦後詩をリードしてきた詩人のひとりであるかれが、詩表現のうえでしいられている状況をよく映しだしているように思える。そしてこの状況がひとり鮎川の老いの問題だけでないこともまた確かなようである。

全部で十連からなるこの作品の最初の四連を引いてみる。

まず男だ
これは間違いない

貧乏人の息子で
大学を中退し職歴はほとんどなく
軍歴は傷痍期間を入れて約二年半ほど
現在各種年鑑によれば詩人ということになっている

不動産なし
貯金は定期普通預金合わせて七百万に足りない
月々の出費は切りつめて約六十万
これではいつも火の車だ

身長百七十四糎体重七十粁はまあまあだが
中身はからっぽ
学問もなければ専門の知識もない
かなりひどい近視で乱視の
なんと魅力のない五十六歳の男だろう
背中をこごめて人中を歩く姿といったら
まるで大きなおけらである

ここだけでもなんと凄惨な作品だろうと思わざるをえない。ここにあるのは私小説にも見まごうほど具体的なみずからの生活の過去と現在についての記録であり、自分にたいする自嘲的な評価の提出である。書かれている具体的な数字やデータはおそらくすべて事実と思ってよい。問題はそのような事実の穿鑿にあるのではもちろんなく、鮎川がこういう数字やデータを並べた詩を書いたことの意味や必然を知ることなのである。たとえば宮城賢のように〈ある言いようのないユーモア〉を感じたり、引用した部分の少しあとに出てくる〈一緒に寝た女の数は／記憶にあるものだけで百六十人／千人斬りとか五千人枕とかにくらべたら／ものの数ではないかもしれないが／一体々々に入魂の秘術をつくしてきたのだ〉というようなところに妙に感心して、「(鮎川さんはずいぶん脱いだなあ、これなら生きぬいていけるぞ) と、読みながら私はひとり肯いていた」(「詩と表題」) などと間の抜けたことを言っているようではなにもあきらかになりはしないのだ。

北川透はそのすぐれた鮎川論「『橋上の人』論」のなかで、戦前・戦中の鮎川がモダニズムから身をおこしてあたらしい表現主体を獲得しようとしたとき、媒介となったのは言語にたいする抵抗感であったと述べ、さらに、こうした思想や言語にたいする異和としての意識が、戦後すぐれた詩を産みだした一方で、やがておしよせてきた資本制の相対安定期以後、大衆社会情況のなかに拡散していかざるをえなかった理由は、この言語への抵抗感を〈意味の回復〉の主張のもとにくずしていったからではないか、と指摘している。

ここではふたつのことが言われている。ひとつは、鮎川がいかにしてモダニズムの知的遊戯の非生産性から脱却したかという径路であり、もうひとつは、この方法が戦後過程のなかで物質化（言語化）されるにしたがって、失なわれていく言語への抵抗感を、〈意味の回復〉という安易な主張とは逆の、さらなる抵抗感をかきたてていく方向へ推進していく自律的な構造性を欠いていた、ということである。言いかえればモダニズムからの脱出路であった鮎川の言語への抵抗感は、戦後の渾沌とした言語状況のなかで既成の言語を破砕する起爆力であるとともに、空無化した詩状況のなかでほとんど唯一の規範たりうる作品をうみだしえたのであるにもかかわらず、そこに介在したものはつまるところ鮎川の個的感受性としての抵抗感にすぎず、その抵抗感をうみだしている言語・思想の根底にいかなる論理構造がひそんでいるかというところまで鮎川の目はとどいていなかったと言える。鮎川の思考の軸には現代を〈荒地〉とみる終末論的ニヒリズムがぶあつくうめこまれており、この視角からみるかぎり、文明論的な上空飛翔によって、わたしたちの詩状況も、そのなかのさまざまな言語的苦闘も、本質的な差異性を奪われてしまう。鮎川にとっては自己の存在や周囲のものごとにたいする特定の個性的反応だけが確実に手もとにあればよいので、その余のものは頑強に拒否してしまえば足りるのだ。いわばこの独我主義こそが戦後の鮎川の（そして『荒地』の）位置を定めていたのであって、それはみずからの位置をいちど確保してしまえば、相対的に動きのないものとならざるをえない。そこには他者を批判し、そのことで自己をも批判していかざるをえないという相互規定性のヴェクトルは存在しないので、自己をどこまでも肥大させていくことしか方法がない。鮎川を批判する者が一様に感ずる、あつい壁に吸いこまれるような感覚は、鮎川の思想の堅固さも包容力の豊かさも意味するわけでなく、徹底してニヒリズムを体質にしてしまった者の自己絶対化から招来されるものなのである。独善と言われようと、それはそれで堅固な存在としてわれわれの眼前に立っている。そこには一個の生の論理があるだけであり、それ以外の論理は無用なのだ。「飢餓の論理を常に欠落させている戦後の鮎川の思想的位相」（北川、同前）の問題点は、鮎川の思想が他者ないし社会を対象化することができず、また自分以外のものに主体をあずけることができない姿勢の選択にあるのだと言うことができる。

さきほど引用した詩にもどって考えれば、徹底して自己にこだわり抜いた鮎川が現在の状況にしいられた結果としての表現の個有性と通有性とをたどることができるかもしれず、それらをつうじて今日の詩的言語表現の全体にまで問題を敷衍することが可能かもしれない。

「Who I am」という作品は決してたんなる自嘲でもなければ居直りでもない。鮎川にとって問題はたえず自己という一極のまわりにしか生起しえないのだから、この詩作品はたしかに鮎川個人の内的モチーフを凝集させて存在しているはずである。〈中身はからっぽ／学問もなければ専門の知識もない〉などというところに端的にあらわれているように、若干の自己否定も働いてなくはないとはいえ、この作品全体をしめるイロニーには、〈わたしとは何か〉というモチーフをつらぬこうとする表現の欲求と、それを激しく屈折させる意識との葛藤が定着されている。いずれにせよ、表現意識の屈折が何をかかえこんでいるかがここでの問題なのである。

まず男だ
これは間違いない

詩がこのように書きだされたという例はおそらくあるまい。〈まず男だ〉というのは書き手の名前の現前によって（この場合は「鮎川信夫」という名の記載によって）自明のことがらに属する。しかもそれを〈これは間違いない〉とつづけることで鮎川は何を語ろうとしているのか。テーマが〈わたしとは何か〉であるから、まず自明のところから確認していこうとしたのであろうか。鮎川はデカルト主義者たらんとしているのか。おそらくそうではあるまい。ここではむしろなにも語りたくないということが語られているとみてよい。自明のことを言い、それをそれ以外のことがありうるかのように断定的に保証するこの二行の書きだしには、芝居の前口上のようなわざとらしさとは本質的に異なる、ある切実な響きさえ感じられる。ここからはじまれば、しばらく事務的な報告の体裁で身辺雑記的な記録がつづくのは表現として必然であり、一貫してなにものかの噴出をおさえている気配を濃厚に滲ませていると読むことができる。そして第五、第六連にくると、自嘲のポーズをまじえて次のように書かれるのだ。

ずいぶんながく生きすぎた罰だ
自分でもそう思い人にもそう思われているのに
一向に死ぬ気配を見せないのはどうしたわけか
とことんまで生きる気なんだろうおまえは
罰を受けつづけることに満足を覚えるマゾヒストなんだおまえは

どうしようもないデラシネの
故郷喪失者か
近親相姦者か
パラノイアック・スキゾフレニック症
近代人のなれの果て
電話の数字にもふるさとを感じ
おまえをおとうさんと呼んでいる娘を裸にし
おもちゃにすることもできるのである

ここで鮎川の自己批評はストレートに自己にむかっているのではなく、対自化された自己意識が対他化されたもうひとつの自己意識とのあいだにするどい齟齬をきたしているという場面を想定し、その場合に両者が開く亀裂を精緻にたどりなおすときにどのような相貌がみえてくるかといった、かなり屈折した表現の回路が設定されている。したがって鮎川の詩意識があからさまに自己を語ろうとしたのだと読むことはまったくの誤解なのである。いわば詩の表現という仮構がみちびかれたところに鮎川じしんは囲いこまれている。どれほど自嘲のことばをくりだしてもみずからはほんとうに傷つくことはない。鮎川のふところの深さとはこのような表現をも成立させてしまう構成力にあると言えるが、このことは別の角度からみれば、戦後詩が集積した現在の詩の表現空間のなかに、このような書きかた（読みかた）を可能にする言語表現の地平が形成されつつあることを示している。これは鮎川の個有のモチーフをこえて戦後詩が到達している表現の水準を典型的にあらわしていると言ってよい。

ただこの「Who I am」という作品がわたしたちに提出しうるものはここまでである。わたしたちがこの作品を詩として読むことができるのは、いま書いたような戦後詩空間の拡大と深まりのほかに、鮎川の個的表現史を貫く問題をみとどけようとする意志が働くばあいのみである。この詩の最後の三連は次のようになっている。

有難いことにどんな女にもむだがなかったから
愛を求めてさまよい

幻の女からはどんどん遠ざかってしまった
はじめから一人にしておけばよかったのかもしれない
悲しい父性よ
おまえは誰にも似ていない

自分を思い出すのに
ずいぶん手間暇のかかる男になっている

ここにはいかなる意味においても鮎川のかかえてきた問題の本質的な深まりは見られない。〈どんどん遠ざかってしまった幻の女〉とはなんの象徴にもなりえていないし、また〈誰にも似ていない悲しい父性〉とは家族とさえも行きはぐれてしまう永遠の孤独者の像にすぎない。あるいはここに、鮎川の切実な自己把握がぬりこめられているのかもしれないが、もしそうならば、この認識から鮎川が得ているものは何だろうか。最終連で〈自分を思いだすのに／ずいぶん手間暇のかかる男になっている〉と書かれてあるのはその意味で象徴的である。それはたんに記憶力の老化の問題ではなく、〈どんどん遠ざか〉ることによっていまとなっては戻りつくことも思いだすこともむずかしくなった過去にたいしていまやアンビヴァレントな執着がはじまっていることを暗示している。もちろんその視線はもはや未来のほうへ向けられることはないのだ。

こうした観点からみるとき、「Who I am」という作品がもちうる意味は、鮎川信夫の個的表現史の軸においてはあきらかな衰弱であり、今日の詩的言語の表現水準の軸においてはせいぜいもっとも抽象化された意味での詩的技術の洗練と、詩にたいする受容力の幅をおしひろげることにしかないと集約して考えておいてよいだろう。

思えば、「死んだ男」において〈遺言執行人〉と自己を規定し、みずからの詩的表現の意味を〈戦争〉の与えた世代的意味の確認とその持続のなかに宙吊りしようとした鮎川の出発そのものがはらんでいた矛盾は、戦後的危機の顕在しているあいだは危機そのものの表現を〈遺言執行人〉の資格においてあざやかに提出するかたちをとってもちこたえた。しかし反面、詩の表現が本質的に希求するなにか不可視のものへの接近というモチーフをいちはやく戦争の死者たちへの鎮魂という視えすぎる結末へむけて放出してしまうことで、言語の根源的な闇へ降りてゆくことを鮎川は断念したのである。いや断念と言うより、彼個有の資質から言えば、そんな闇のなかに自己を手放すぐらいなら、最初からそんなものには近づこうとしなかったのだと言うべきかもしれない。だがそこにおいてこそ鮎川の表現者としての選択の決定的な矛盾があったのである。秀作「兵士の歌」に〈ぼくははじめから敗れ去っていた兵士のひとりだ〉という一行があるが、このような先験的な〈敗北〉を語ってしまう鮎川の心性には〈戦後〉をポジティヴに表出していこうとする姿勢はついにみられることがなかった。鮎川の明晰さとは自己を徹底的にネガティヴなものとすることによって対象をうつしだす機構のうえにきずかれているものであり、存在の幸も不幸も根源をそこにおいていると言うしかないのである。

2

与えられた状況のなかで詩を書き、詩を生きようとする者にとって、その時代や状況というものはほとんどいつでも、その根底において深い絶望や欠落感を秘めている。時代にはそれぞれ固有の表現の水準があり、その時代に生きる者はその水準を突き破ろうとする個有のモチーフにしたがって詩の書き手となることを選ぶ。極論すれば、この表現の水準を見抜くことができず、また、この水準を超えようとする意識をもたない者にとって詩を書くことは本質的に無意味だと言うしかない。詩を書くことが時代状況の本質とぶつからざるをえないのは、この水準を超えようとする一線においてであり、そのときにこそ時代の欠落感や絶望感の根源が露出されるのである。

かつて北川透は、一九六六年の時評を次のような印象深い文章によってはじめた。

《時代が悪いから詩が困難であるということはない。詩にとって、今日の時代がとりわけ困難であるということは、そういうことではない。詩が困難なのは、いつの時代でも変りはないが、詩がみずからの存在理由を本質的に問う能力を失った時、詩は表現の死に向かうのである。表現は、沈黙によって死に向かう時もあれば、表現そのものによって死をあらわに示す時もある。ぼくらが現在の詩を一つの情況としておさえてみた時、詩的表現そのものの死は、確実に、情況の死の影にあることを透視することができる。》（「戦後詩の転換は可能か――60年代の詩」、『情況の詩』所収）

このことばのさし示す詩の状況は今日においてもほとんど同じ位相を保っていると思える。詩は困難であり、時代はますます救いようのない泥沼におちこんでいこうとしている。

　北川透が右の文章を書いたころにくらべて現在の詩がより困難なわけではない。だがしかし、六〇年代の詩が、六〇年安保闘争の敗北の経験とそれを機に一気に攻勢に転じた支配体制のイデオロギー（高度成長政策）を強固なフレームとしてもつと言えるのにたいして、わたしたちの詩にはそのような明確な指標がない。このことはわたしたちの存在がまったき自由を与えられていることを意味するのだろうか。たしかに一部の若い詩人たちにとっては表現を規制するなにものもないと感じられているフシがある。

　現代のもっとも良質の感性を代表する井坂洋子の詩にもその特徴がみられる。

繁華街にもこどもの頭の
ひとつやふたつはころがっていて
ゲームセンターから出てきた子が
だるそうな女の手を引く
帰ろうよお
女は安い香水のなか
すれちがいざま視線をはりあげた
帰れ

（「着用感」部分）

前の人の背中を押して細くなったこちらの軀を
電車のドアすれすれに支え直し
見もしらぬ鼓動をうっとりと聞き
布のように腰をあわせて泳げばまるで
恋人のようだ
年とって人肌が恋しくなったら
罠に落ちたふりをして
ここへくればいい

轟音が怒りを敷いていくようで
疲れたからだが鳴っている
車窓には首のない生体が揺れる
(一度でも思いだしておかなければ
二度と思いだせないことばかりだ)
駅名を告げられる前に
獣のように膨脹した頭をゆり起こす

(「男の黒い服」部分)

（「生体」部分）

いずれも詩集『男の黒い服』（一九八一年九月刊）から任意に抜いてみた。表現技術の確かさが場面や情景をクリアーに描きだしており、表現主体の心の動き、視線の動きが〈身体〉の個有性をきわだたせながらよくとらえられていると思う。だがここで問題なのはイメージが鮮烈であればあるだけ、そしてそのイメージを切りとることばの角度が鋭ければ鋭いほど、言いかえれば詩としての完成度が高ければ高いほど、その作品の現実への衝撃力は低下していくようにみえるという奇妙な感覚である。

これは井坂の詩にかぎられたことでなく、全般的な言語状況とみられるものだが、今日の言語がしいられているイデオロギー的規範力にたいして井坂洋子の詩が無防備にちかい〈身体性〉をさらしてしまうという特質を示す点において、彼女はだれよりも状況の浸透を深く受けるのだと思われる。おそらく彼女にとって詩は日常の感性的充溢を高度に維持するためにあるので、詩そのものが現代の思想的・イデオロギー的確執を言語の尖端において不可避的に代行せざるをえないという現実の暗部には無縁なのであろう。〈視線をはりあげ〉〈獣のように膨脹した頭をゆり起こす〉というような修辞的な発見が現実を、現実と自分との関係を変容させてみせるところにここでの井坂の興味は集中している。修辞それ自体は少しも弱点ではないが、彼女のもっとも本質的な課題は、その喩法が直喩ないし換喩にとどまり、そのイメージが一挙に拡大して現実をとらえつくしていくダイナミズムを感じさせないところにあると思われる。たとえば、ここに引用した例だけからとりだしてみても以下のごとくである。

＊直喩の例

〈布のように腰をあわせて〉

〈まるで／恋人のようだ〉

〈轟音が怒りを敷いていくようで〉

〈獣のように膨脹した頭をゆり起こす〉

＊換喩の例

〈こどもの頭の／ひとつやふたつはころがっていて〉（1）

〈視線をはりあげた／帰れ〉（2）

〈前の人の背中を押して細くなったこちらの軀〉（3）

〈見もしらぬ鼓動〉（4）

〈疲れたからだが鳴っている〉（5）

〈首のない生体〉（6）

直喩のほうはわかりやすいから省略するが、換喩の例について若干の補足をしておこう。（1）では詩人の想像界にこどもの頭が石ころかブリキ罐のようにころがっているように見えるという省略を含んでいる。（2）は本来は〈声をはりあげる〉ところを非難をこめた眼差しによって代置したもの。(3)は混んだ電車のなかで押されてつぶされそうになって〈細くなった軀〉をさす。(4)は鼓動が聞こえると言うところを本来不可能な視覚の領域に移動させ否定的に転換したもの。(5)は地下鉄の轟音がからだを通して鳴っていることを示し、(6)は眠って首を垂れている人間のからだをさしている。

これらの例からもわかるように、井坂洋子の喩法はかなり単純な構成でできている。このような喩法が現実の表面を鋭く傷つけることはありえても、根底から現実をゆるがす衝撃力をもちえないのはやむをえないと言ってよい。喩の構造が現実の構造と拮抗し、さらにこれを凌駕するところまで修辞の方法をつきすすめないかぎり、井坂の詩はただ一時的におもしろいだけで思想性のない作品をうみつづけることになりかねない。これは荒川洋治などいわゆる〈修辞派〉にまったく共通する課題であるだろう。

これにたいし、今日の〈修辞〉の水準からみるとかなり古典的な位置にとどまっているようにみえながら、表現が射とめようとする思想性の高さにひきずられて詩の言語構造がある抜きさしならぬ表現の構造性としての緊密さを獲得することがありうる。鈴木豊志夫の『噂の耳』(一九八一年十二月刊)に収められた「条件」という作品はそのひとつの例である。

朝靄のなかに
低くエンジンの音が響く
砂利を踏んで

あなたがたは歩いてきた
それは
ある日突然の訪問だった

詩「条件」はつぶやくように、だが確実な足どりではじまる。近づいてくる〈あなたがた〉がなにものであろうと、まずこのように力をためて書きだされるうちには異様な衝撃力がこもっている。〈あなたがた〉とはすぐにわかるように、〈蒼い背広服／白いワイシャツに黒い皮靴〉の〈日本国政府の代理〉であり、かれらの訪問を受けるのは〈千葉県印旛郡三里塚村の農民バンさん〉である。土地買収のためにやってきた小官僚と〈日本のため〉に〈よい条件〉を考えさせられる一農民とのあいだに埋めつくすことのできない深い断層があり、その根源が、土地にからだごと縛りつけられてみずからの生活感性をゆいいつそこに見出さざるをえない農民の思想性と、それらを黙殺し切り捨てることによって堅持されている支配の論理との対立にあること、しかもその対決の場が支配の側からの伝統的なアメとムチの策略、端的には上昇と下降の二重性を前提とした懐柔と強圧の論理に裏打ちされていることをこの作品はみごとに形象化している。

冬になると
千葉県印旛郡三里塚の村々は
かすかに地平線がもり上がる

（中略）
つちというつち全部が
求愛の声をあげる
赤つちのローム層の唄をうたう
こんな美しい地球をあなたがたは知っているのか
あまり想いがはげしいので
わずかな叫び声に
凍りつく水晶となる
こんな北総台地とひきかえの条件に
どんな条件があるのだろう
やがて洩れてくるあかつきのひかりに
肌をうねらせ
みどりのうぶ毛をひからせるこの台地とひきかえに
どんな条件が　あなたがたはあるというのですか
（中略）
よい条件とは
どんな条件をいうのか教えてくれたまえ
戦いから帰って

命がけで生きた農民バンさんの一生に見合う
もっともすてきな条件を
教えてあげてくれたまえ
鉄塔決戦の旗のおののきに
いまでも
条件をさがして朝靄をさまようバンさんに
はやくすばらしい条件を
条件を示して
あげてくれたまえ
ひび割れた
その土塊より固いバンさんの指が
あなたがたの有刺鉄線に喰い込まないまえに

この最後の部分の息せききった言葉のリズムといい、そのまえの〈自然〉のイメージの重厚な美しさといい、いずれも喩法としては斬新なものと言いがたいにもかかわらず、そこにぬりこめられた鈴木の〈バンさん〉へのあつい共感によって表現の思想性と不即不離の関係をもつところまで表現の構造性は高められている。

わたしがこの詩をすぐれたものとみなすのは、この表現の喩と言葉の構造が作品の思想が必要としているぎりぎりの構造と重なる程度には修辞性の水準を保っているからであって、そこに盛りこまれた三里塚農民の戦いがこの詩の外側でもっている思想の評価のゆえではない。こんなことはあたりまえなことだが、いかにすぐれた思想も詩の思想に転位するためには、詩の表現としての固有性をまとうことに成功しなければならない。詩表現の〈身体性〉がそこに見出されるためには、喩とことばの構造が作品全体へと貫通していく力学をも詩人は掌握していくことがのぞましい。ともあれ、この「条件」という作品が現代詩の現在の状況を突破しうる力量をもつ作品であることだけは確認しておいてよい。こうした達成をふまえて表現の修辞性と思想の構造性の獲得のうちにより高度な詩の可能性が見出されることをのぞみたい。

第二章　日本的共同体という闇から表現へ

1

わたしがここに書きはじめようとするもの、それはいまだ不可視の闇のなかに眠っているとはいえ、いずれはこのわたしによって書かれなければならないという必然の予感のなかに小さく糸口を垂らしている。それがほんとうはこのような書き出しによって摑みうるものかどうか、いまのわたしには保証のかぎりではない。ただはっきりしていることは、わたしが追いつめようと考えている〈書くこと〉（ことばを表現構造として表出すること）のかかえている本源的な闇の本質は、それをいたずらに神秘化するのではなく、論理として解き明かさなければならない性質のものだという基本的な方法意識を手放しさえしなければ、どこからどう近づこうと問題の本質を見失なうことにはならない、そういう前提が成立することだろう。

わたしがなによりも把えたいのは、個々の表現がみずからの闇をかかえて成立するときの表現の構造についてである。表現を根底的に成立させるのは、その表現が内部にたくわえるリアリティにかかっていることだけは否定できない。しかし、このような問いの立てかたは、表現のリアリティというものが表現と表現主体をめぐるさまざまな要因のからまり合い、関係の束として把握されることを前提としてはじめて言いうることである。表現が成立するまえに、さまざまな現実の闇があり、ことばの流通をめぐる闇がある。これらの闇の深度を測るに、ことば以上の武器をもたないわれわれの実存にも、これまた個有の闇がびっしりと付着している。いわば至るところ闇に蚕食された状況のなかにわれわれの生も、したがって表現もおかれているのだ。これを逆に言えば、この闇の存在こそがわれわれの生（表現）の根源であり根拠であるとしなければならないはずである。闇には必ずや闇を成立させている構造があり、この構造をたえず白日のもとに引きだそうとする運動は、さまざまな方法の違いを別にして、思想と呼ばれるにふさわしい内実をもっているだろう。ことばによる表現は、闇の奥深く入りこみながら、その構造を論理として、喩として取りだすところに表現としての力学的な本質をもち、したがってその本質は不可避的に思想性を問われるものとしても成立するのである。もちろん、表現には固有の根源と方向とがあり、これを一律に扱うことも評価することもできないのは当然である。ここでさきほど表現のリアリティといった問題が、表現そのものの問題であると同時に表現主体の問題でもあるということ、もしくはそれら二項の関係の二重性と同値の問題であることをあらためて確認しておいたほうがよいだろう。

ところで、表現の過程のなかに、言語の基底にまつわりついている闇と、表現主体の生の根源を成している闇の部分とが、いかなる明晰な表現といえどもけっして振り切ることのできないものとして流れこんでくることは、本質的に避けがたい。のみならず、闇の介在こそが表現のリアリティを支えるとも言うべきほどなのだ。わたしがここで〈闇〉と呼ぼうとしているものは無規定な存在一般のことを指し、必ずしも否定的な意味ではない。（ただそこには明晰さを敵とする支配体制の闇の力学が作動しやすい基盤が形成されていることだけはおさえておかなければならないが。）

表現のリアリティ、あるいは思想のリアリティとは、表現主体の側からみるなら、自己の根源である闇をどれほど深く撃つか、そこからどのような方向へ自己の個有性を深め貫いていくか、という次元において見究められなければならないものであって、これは表現の規範性のレベル（共同性のレベル）で早急に計量されてはならない。たしかに文学表現というものは、少しずつであれ、長いあいだ表現の規範とも言うべきものを醸成し、これが想像力の規範性と共同性を生み出してきた。そこに根拠をおく表現は、どれほど個有の闇を喪失していても、一定の規範性を獲得することがありうる。したがって表現がある時代の想像力の共同性のフィールドに自分の場所を確保しているかぎり、その表現は時代的想像力の死までは延命されうる。時代をこえて生きていくような表現を形成するひとつの本質的モメントは、このように時代を共犯関係として成立させている共同性から不可避的にやってくる意味づけを、いかに個有の表現世界のなかで変容させうるか、というところに見出されなければならない。

表現のリアリティと言うとき、表現主体の個有の問題は、その主体がおかれた共同性、規範性――時間軸としてみれば歴史意識、空間軸としてみれば社会意識、およびその二つの錯合したもの――に媒介されてあらわれざるをえない以上、ほんとうはひとつの問題に帰着するのかもしれない。表現主体が対象化すべきみずからの根源的な闇とは、それ自体、超歴史的なものでも脱社会的なものでもない。ひとりの人間がある特定の時代、ある特定の社会や環境にある特定の身体をもって生まれ、そのなかで個有の運動域と軌跡を描きながら生き抜いていかざるをえないという理由によって、ある表現主体は、特定の歴史や社会のなかに個有の生活（史）をもっている。この生活（史）の幅はその時代や社会の幅に含まれるが、ある個有の局面、すなわち意識や想像力においてこの幅を凌駕する可能性を失なってはいない。そして表現がめざす領域とはまさしくこの、時代の幅をこえうる意識や想像力の領域にほかならないのである。さきに対象化すべき根源的な闇と呼んだものこそ、この領域のことであって、この領域は可能性のままでいるかぎり、すなわち表現を与えられないかぎり、底なしの闇でありつづけるだろう。

このような闇の存在は多くの共通性、類似性をもちながらも、きわめて個的なものだと考えてよい。人間ひとりひとりが類として共通性を有していても、その身体、性格、知能、心理などにおいて個有性の差異を見ないわけにいかないように、この闇の個有性は、その主体の生活（史）と意識の個有性によって染めあげられている。そしてなによりも本質的なことは、この闇の存在自体が表現と表裏一体となるべき発見であることである。それは表現の意識も運動もないところではそもそも見出されることのない闇であるとも言える。本質的な表現とはこうした闇を孕むものであり、さらにその構造をも発見しつつ新たな闇につつまれているものであろう。

表現がリアリティをもつことの根拠は、個別の主体である表現主体がみずからの身体的地平である闇の対象化（構造化）を通してその先にさらに生み出してしまう観念の闇が、最初の個別身体的な闇をどれほどか新しい表現構造のなかに変容させている、というところに求められなくてはならない。表現が新しい闇を生み出せなくなったところで、その表現は死ぬ。一方、こうして次々と孕まれていく闇は、表現主体の固有の闇に還元されていく。それはまさしく存在の闇と呼ばれるべき奥深いなにものかである。しかしながら、表現に媒介されてみずからの身体的地平に還元されていくこの闇は、あくまでも観念的なものであり、この観念としての力によって現実の生の基底である身体に作用するばかりである。表現によって対象化された闇は観念としての構造性をもち、この構造は、現実の身体が現実世界の闇（の構造）に対峙するまさにそのときに、次に生まれるべき表現にたいして擬似身体的な関係を結びにくるのだ。過去の表現が築きあげた観念の構成がそれ自体いわば身体性に転成するところに表現の自己増殖が可能になるのだと考えればよい。この二次的身体と化した観念とはいささかも形容矛盾ではない。それは、たとえば、戦前・戦中の文学作品が〈大東亜共栄〉とか〈八紘一宇〉というような天皇制イデオロギーに手もなく籠絡されていった無惨な歴史にも明らかであろう。そこでは表現を呼び寄せるはずの身体的地平が、圧倒的な現実（戦争あるいは戦時非常体制）からの侵蝕を受けて時代を切り取る個有の観念の枠組をみずから放棄し、一元化され狭少化したファシズム的観念に追随した結果、それ以前の観念構成をあるものは喪失し、あるものはその自己破産的傾性を露呈させることになった。個有の身体的地平（＝存在の闇）を奪われた想像力はもはや観念の闇を媒介とした自己増殖力をもてなくなり、体制イデオロギーを無限に再生産しつづけるしかなかったのである。

表現された観念は、それが内部にかかえこむ闇の構造によって、来たるべき表現のアウトラインを規定する。この身体的抱えこみに抗して、自己の個有の闇をたえず表出しつづけるということは、かなり勇気を要することである。戦中のようなヒステリックな時代においてばかりでなく、どの時代をとってみても規範からの逸脱とは賭けなのだ。また、自己表現史という個別の運動域にかぎってみても、既成の手なれた表現技術を切り棄てていくことは、それほど容易なことではない。これらのことは、既成の観念が、表現主体の対象化すべき個有の闇＝身体性にいかに強く着床しているか、逆によく示しているものと言える。

2

つぎに、以上の問題点を具体的な作品において検証してみなければならない。ここではわたしの現在のモチーフにしたがって、戦後の詩にその対象をもとめてみたい。

たとえば田村隆一に「一九四〇年代・夏」という作品がある。この詩は次のような冒頭部をもっている。

世界の真昼
この痛ましい明るさのなかで人間と事物に関するあらゆる自明性に
われわれは傷つけられている！

ここに導かれている戦後空間は田村隆一によって観念化された世界像である。〈世界の真昼〉——

〈痛ましい明るさ〉――〈人間と事物に関する〉あらゆる自明性〉というような、強く仮構された世界の明るさは、にもかかわらず田村の実存意識においては自己の個有の深い闇からの反照にすぎない。あるいは、みずからの存在の闇を見据えたとき、世界から決定的に切り離されていると感受した者が、みずからの反社会的な闇に身を沈めて仰ぎみるしかない、そこからは絶望的に明るく見えてしまう世界の像を示していると考えてもよい。どちらにしても自己と世界とは虚像と実像の対立をかたちづくっているように見える。そうでなければ、この自明な世界のなかでわれわれが傷つくことなどないからだ。

ところで、初期の田村の詩にあって特徴的なこの二元論的構図は、一見そうみえるほど強固な対決の論理を含んでいるわけではない。この詩の最後のほうで次のように田村が書いてしまったとき、世界と自我の二元論は果てしれぬ無限円環へと密通する構造をもつようになる。

わたしはこれ以上傷つくことはないでしょう　なぜなら
傷つくこと　ただそのために　わたしの存在はあったのだから
わたしはもう倒れることもないでしょう　なぜって
破滅すること　それがわたしの唯一の主題なのだから

このような野放図な表現が詩として成立していることに、わたしはいまさらながら時代的想像力の命運というものを感じる。ここにある表現――〈傷〉〈破滅〉という語彙、およびそれらがみずからの存在の与件であり主題であると言明すること——の観念構造における空白はいまとなっては覆うべくもない。これらのことばとそれの志向する観念とは、戦後の『荒地』派の詩意識の強力な磁場を想定することなしに、表出の位相や根拠を見出すことはむずかしい。それゆえ『荒地』の詩運動が急速に力を失なっていく一九五〇年代後半以降、田村隆一の詩表現がことばの残骸を積みあげていかなければならなくなったのも必然だったと言えるのである。

一九六二年に刊行された詩集『言葉のない世界』はそうした田村隆一の詩表現の絶対的な袋小路を詩表現そのものの危機としてアクロバチックな演技で演じきったあと、弛緩した死を死に続けていく。

言葉なんかおぼえるんじゃなかった
言葉のない世界
意味が意味にならない世界に生きてたら
どんなによかったか

（「帰途」第一連）

言葉のない世界を発見するのだ　言葉をつかって

（「言葉のない世界」2の部分）

ここでは、いかに逆説を弄したつもりでいても、すでにこれは表現の倒錯でしかないだろう。田村はこの詩集の背景となった群馬県の山中での三年間の生活において〈自然〉にめざめたと言っている（「10から数えて」）が、それはそれでひとつの新しいリズムを獲得するという望外の成果をもたらしはしたものの、本源的な個有の闇を深めるという表現の本質にはついに意識が向けられなかったように思える。その後の田村の詩の、詩法めいていてそのじつ現象面に終始することばへの言及などをみていると、この詩人は個有の闇の対象化をあまりにも早く断念してしまったのではないかと思えてならない。それはすなわち本質的には詩の喪失と言わなければならない事態である。

これにたいして、時期的にはかなりあとになるが、一見同じような表現の位相に立っていると見えながら、個有の闇の対象化がことばの危機の意識をともなわずにはいられないという状況の転換を鋭敏に察知して書かれたものに、谷川俊太郎の「鳥羽」連作がある。

何ひとつ書く事はない
私の肉体は陽にさらされている
私の妻は美しい
私の子供たちは健康だ

本当の事を云おうか
詩人のふりはしてるが

私は詩人ではない

（「鳥羽1」第一連、第二連

口はすねたように噤んだまま
またしても私の犯す言葉の不正
その罰として
終夜聞く潮騒

すべての詩は美辞麗句
そう書いて
なお書き継ぐ

（「鳥羽7」第一連、第二連）

ここにあることばや詩への懐疑は、けれども決して自己を卑小化するものではない。むしろ、表現が成立する以前の原初的渾沌に向きあってそこに投げ出されていることばや詩を拒否するところから表現をうみだそうとする志向につらぬかれていると言ってよい。そうした地点から表現をはじめるとき、〈何ひとつ書く事はない〉という一行が最初におかれているのは象徴的である。そこから〈私の肉体〉→〈私の妻〉→〈私の子供たち〉とつぎつぎに視線をそよがせて、自己の位置と世界（ここでは自然）との共生感を確認していこうとするのがこの詩の根源的モチーフであると考えることができる。あるいはまた、〈すべての詩は美辞麗句／そう書いて／なお書き継ぐ〉という表現の不可避的な運動性をなおも引き受けていかざるをえないみずからの選択にかけても、現在のことばや詩を超えていく表現がここで求められているもうひとつのモチーフであると言ってよいであろう。

今　霊感が追い越してゆく
私に僅かな言葉を遺して
何事かを伝えるためではない
言葉は幼児のようにもがいている

言葉への旅は
火星への旅ほどに遠く頼りない
ともすれば私を襲う真空の
深いとどろき

（「鳥羽 addendum」第一連、第二連）

ここで〈言葉への旅〉は果てしなく遠い射程のなかに仮設されている。あたかも〈旅〉の出発において自己の肉体の確認や、妻と子供たちの美しさ、健やかさを書きとめるところからはじめることを可能にした当のことばそのものが、旅の進行とともにことばの運動が詩人を〈追い越してゆく〉ことによって、詩人との距離を加速度的にぐんぐん開いていくような眩惑を与える。比喩的に言えば、谷川俊太郎の「鳥羽」連作とは、〈詩人のふりはしてるが／私は詩人ではない〉という仮装された位置と、そこから射出されていくことばとのあいだに、自然の風景を一挙に把握しようとする野心的な試みなのだ。

その成果についてはあらためて問うとして、ここで問題にしたいのは、さきほどの田村隆一の〈自然〉への意識と谷川のそれとをくらべるとき、そこに個々の詩人のモチーフの違い以上のものがあることである。田村の詩にあって、自然はことばと分離され、自明の存在として詩に先行している。そこへ没入するためにはことばや観念は不要なのだというふうに書かれている。

死と生殖の道は
小動物と昆虫の道
（中略）
批評も　反批評も
意味の意味も
批評の批評もない道
空虚な建設も卑小な希望もない道
暗喩も象徴も想像力もまったく無用の道

（「言葉のない世界」9より）

ここにいたっては〈言葉のない世界を発見するのだ　言葉をつかって〉というせっかくのテーマも、まったく分裂し自己矛盾したものにしかならない。ことばは徹底して抽象化され、喩としての広がりを奪われることによって生ま身の裸身を曝してしまう。それは〈自然〉という観念にかぎりなく近づけられたことばにすぎないのだ。☆1したがってことばは個有の闇を払拭されたまま純粋な観念としての寒々とした格好で詩の原野に立たされている。それが詩として与えられたから、このことばの世界が詩であるにすぎないと言えるほどなのである（もっともこのような仮構の可能性が戦後詩の達成した水準のひとつを示してもいるのであって、高度に抽象化された観念がそのままの姿で詩の言語のなかに場所を占めることができるという驚異的な技法は、戦後の『荒地』派の基本的な方法であり、とりわけ初期の田村隆一によって過剰なまでに用いられた方法であった）。それはしかしながら、意に反して徹頭徹尾〈言葉の世界〉であり観念化された〈言葉のない世界〉すなわち仮構された〈自然〉でしかなかったのだ。このような表現においては、あらかじめ観念化された〈言葉のない世界〉が外在的に指示されるのみである。それは本質的には虚構のものであると言うしかない。ことばの内在的な開示力によってあるがままの〈自然〉を把握するのはもっと別の方法によらなければならないはずである。そのことに田村の言語意識が思い及ばなかったのは、〈戦後〉を、〈荒地〉という先験的な観念を中心とする観念群によって再構成しうると考えた『荒地』派の詩意識のもつ最大のウィークポイントが、いぜんとして克服されていなかったことを端的に示している。観念と詩との関係は本質的なものに違いないけれども、それらを媒介する方法はたんに並列的なものではなく、ましてや観念に優位性を与えるところから表現が成立するのでもなく、書き手の身体的地平からみた世界像（イメージ）が観念としてどれだけの内実化を得ているかにおいて、表現への運動が引き起こされたりされなかったりするという階梯がはじめて踏まれるのでなければならないのである。その場合、観念のみが詩を構成するのではなくなる。詩を成立させるものは書き手の身体をとらえたイメージであり、ことばであり、それらを喩として構成する表現の技法（修辞性）である。そこにはもはや観念の一義性というものは成立しない。それは、言いなおせば、観念性と身体性に同時に結びつく多様性の領域にむかって詩的言語のはたらきが移行していることを示しているのである。詩の言語が本質的に喩であるというのは、それが世界そのものであるこの多義性の構成を意図せざるをえないことによっている。詩という仮構のなかにおいて、どのようなことばも、純化された観念も、喩としての機能をもつことを免れることができなくなっている。

そのような視角から谷川俊太郎の詩に接近していくと、〈自然〉はここではいきなり〈言葉のない世界〉へ短絡されることなく、いわば腕を伸ばせばとどく範囲のものを確認するところから、ひとつまたひとつと構築されているように見える。

海よ………
そうして私が絶句した

☆1　いまのわたしだったら、喩としての広がりというよりも、喩の貧しさと言うだろう。

そのあとのくらがりに　妻よ
お前の陽に灼けた腕をのばせ

（「鳥羽６」第二連）

田村隆一の〈自然〉観念が裸のままで孤立し痩せ細っていく傾向がいちじるしいのにたいして、谷川の〈自然〉は表現の仮構のなかにみずからの身体性の闇をくぐらせることでそのリアリティを獲得しようとする。ここに引いた詩句に顕著なように、表現の仮構された沈黙（＝〈私が絶句した／そのあとのくらがり〉）は、明確な身体的存在（＝〈お前の陽に灼けた腕〉）に空間的に占有されることによって喩として成立している。〈自然〉にたいして表現の仮構が対応し、その内部にはもうひとつ別の〈自然〉が埋められている。ここでは〈自然〉と表現の関係は田村の場合とはまったく逆になっていると言ってよい。〈自然〉は表現の闇によびこまれた身体性によって隠喩化されている。それは喩によって内在化されているのだ。

こうした関係のなかで田村隆一と谷川俊太郎を比べてみるとき、ことばにたいする認識の深さは、あきらかに谷川のほうが田村を上回っている。谷川にあってはことばの物質性が、ことばを発する意識の発動のなかでぎりぎりにたぐり寄せられ確認されたうえで、もういちど解き放たれている。そこではことばの布置された構図やリズムは、谷川の呼吸や空間意識と一体化している。田村にあっては詩やことばは外在化された〈自然〉の先験性のなかに放出されている。ことばの開示力をもってひとつの先験的な観念に迫るというのでさえなくて、最初から予定調和的に〈自然〉なるものにことばはあずけられている。『言葉のない世界』の田村にとって、〈自然〉とは神なのである。あたかも〈荒地〉の観念がかつてそうであったように。その意味から言っても谷川俊太郎が「鳥羽」連作で提出したものは、このような『荒地』派の観念論にたいする、次の詩的世代からの根源的なアンチテーゼであったと言ってよいのである。

ところで、田村隆一も谷川俊太郎もそれぞれの世代――戦中派と戦後派――を代表する詩人たちであるけれども、思いのほか年齢の開きは大きくはない。田村は一九二三年生まれ、谷川は一九三一年生まれである。概して『荒地』の主導的な詩人たちと、一九五〇年代に登場してきた詩人たちとのあいだには、戦争をはさんで大きな時代の変動があったせいかもしれないが、実際以上に世代的な懸隔が大きく感じられる。もっとも田村隆一は初期『荒地』グループのなかでは、鮎川信夫の一九二〇年、黒田三郎、中桐雅夫の一九一九年にくらべるまでもなく、北村太郎らとともに一番若いメンバーに属し、谷川が早熟であった以上に、詩壇的な活動という面では早熟であったと言える。いや、〈詩壇〉と言うにはまだマイナーであったかもしれないが、結果からみると、詩史のうえで少なからぬ意義をもつ活動をしていることは確認しておかなければならない。(このあたりのことは田村の『若い荒地』にくわしいが、総じて『荒地』グループの戦前・戦中の動向は反時代的であることによってもっともすぐれて戦後的であるという逆説を演じたのであった。)いずれにしても、田村と谷川の詩的活動にはやはり少なくとも十年の開きがあった。

さらに言えば、谷川の処女詩集『二十億光年の孤独』(一九五二年刊)に三好達治が寄せた序詩にもあるように、〈この若者は／意外に遠くからやってきた〉〈突忽とはるかな国からやってきた〉(「はるかな国から——序にかへて」)のであり、いかに三好の推輓があったとはいえ、『荒地』派と『列島』グループが戦後詩を領導しつつあった当時においては、谷川はあたかも異星人のように出現したのにちがいなかった。この出現のしかたおよびその詩風のナイーヴな外観が、長いこと谷川を、戦後の有力詩人と認められながらにして、『荒地』『列島』系の思想詩の系譜からはずれ過小評価された位置に甘んじざるをえなくさせていたのかもしれないのである。その点、田村は戦中から一九五〇年代にかけて終始一貫、中心的な位置を占めつづけた。ここにおいても、詩的世代としての明確な境界線を引ける根拠を見出すことができる。そして象徴的に言えば、田村の『言葉のない世界』と谷川の「鳥羽」連作とによって戦後詩のにない手の世代交代のひとつと、詩意識の根源的な転換とが導かれたのである。この十年という世代の差はけっして軽視することのできない契機を秘めている。

3

谷川俊太郎の『二十億光年の孤独』を追うようにして、翌一九五三年、飯島耕一の第一詩集『他人の空』が刊行された。飯島は一九三〇年生まれであるから、谷川より一歳だけ年長である。ただ両者とも戦後に詩を書きはじめたという意味で最初の戦後派世代と呼べるだろう(この点、小説の世界で第一次戦後派と呼ばれた人たちが戦争体験者であり、もう少し上の世代に属するという事実は、詩と小説のなりたちと経験の問題をあわせて考えてみるとおもしろい)。

ところで、一九三〇年代の前半に生まれた者には、幼少年時に戦時→戦後期における価値の大転換、すなわち戦争ファシズムから戦後民主主義へという支配的イデオロギーの急転回を目のあたりにして、あるところまでいくと懐疑的にならざるをえないような根底的な人間不信が身についてしまっていると言われる。《戦中・戦後にかけての子供の戦争体験は、戦前・戦中のひとたちとはまったく異なる精神体験の構造をもっている》(芳賀章内〈鮫の座〉・『鮫』9号)のである。このことは少し上の世代の鶴見俊輔によってもほぼ同じように確認されている(『戦時期日本の精神史』「戦争の終り」の章参照)。そしてこの独得の精神構造の発露からは、その人間の資質や環境、体験の差異によって濃淡の違いをみせるとはいえ、かなりあとあとまでこの時期の影響が及んでいることが察せられる。

そのように見ていくと、やはりこの時期に生まれた谷川俊太郎と飯島耕一とのあいだには、その詩的出発においてはほとんど対照的と言ってよいほどの差異を見出すことができる。谷川は大都市生活者で知識人階層の手あつい家庭環境のなかであたかも純粋培養された〈ホモ・サピエンス〉であるかのように戦後日本の空間に突如出現した、無国籍的精神というに近い存在である。[☆2]『二十億光年の孤独』がほとんど超歴史的・宇宙的な存在感覚に溢れた詩集であるのもそのせいである。したがってそこには〈戦後〉という特定の時間も空間も明確にはあらわれない。それにくらべると、飯島は同じく知識階層の出自をもちながらも地方都市の小インテリ層出身であり、敗戦前には岡山市にて勤労動員に狩りだされたり、陸軍航空士官学校受験そして合格という、当時の軍国少年が必

☆2 谷川俊太郎の父親は哲学者谷川徹三(一八九五—一九八九)であり、法政大学総長、芸術院会員。

然的に選ばざるをえなかった過程を踏もうとしていた。それは当時の少年たちのなかではごく普通の例であり、その意味ではひとつの典型と言ってよい。さきほども書いたような、人間不信に陥らざるをえなくなった一九三〇年代前半生まれの世代の、いわば最先端に位置していたのが飯島耕一なのである。のちの飯島の詩の主題に間歇的にあらわれてくる〈日本〉への本卦がえりの根源には、〈西欧〉の知でいくら洗ってもおちることのない幼少年期体験の精神構造の根強い基盤にみずから遡及していこうとする衝迫をみておかなければなるまい。そしてこの基盤こそは天皇制という特殊日本的共同体構成であり、その戦時中の発現様式である日本ファシズムの運動的・イデオロギー的諸形態であるのは言うを俟たないだろう。「日本の近代という座標系を構成する一方の軸を天皇制とすれば、今一つの軸は西欧である」と安永寿延は書いている（「柳田国男――その近代と土着の論理」『〈増補〉伝承の論理』所収）。飯島耕一の詩は、ある意味でこの二つの軸がせめぎあうところに生ずる典型的に日本近代の諸問題を内在的な契機として孕んでいると考えてよい。そしてここには、〈戦後〉を回転軸として谷川俊太郎のほうを〈特殊〉へと追いやり、飯島の側における〈普遍〉を主張する根拠があったのである。それはひとことで言えば、日本的自然の解明→解体という普遍的主題の確認（飯島）と普遍的（非・日本的）自然の獲得という特殊な個的方法の模索（谷川）との、根底的に相反するヴェクトルが戦後世代のなかに共在していたことになる。

『他人の空』は飯島耕一の個有の出発点として重要であるだけでなく、戦後派世代がもたらした〈戦後詩〉への最初の成果として意義深いものがある。

鳥たちが帰ってきた。
地の黒い割れ目をついばんだ。
見慣れない屋根の上を
上ったり下ったりした。
それは途方に暮れているように見えた。

空は石を食ったように頭をかかえている。
物思いにふけっている。
もう流れ出すこともなかったので、
血は空に
他人のようにめぐっている。

（「他人の空」全行）

この詩集についてはこれまでにも多くの評価や解釈の試みがなされてきた。そのなかで、《『他人の空』もまた戦争をきっかけとして成立した詩集である。ただし、言うまでもなく、それは飯島耕一の戦争であり、一九五三年当時になお生きながらえていた戦争の幻影である》（「飯島耕一論」、『新選飯島耕一詩集』〔現代詩文庫〕所収）とする岩田宏のとらえかたがもっとも鋭く正鵠を射ているように思う。

岩田はさらにつづけて言う。

《自己と他者をむすぶ人間的なもののシンボルとしての血という概念は、この詩集のなかに頻繁に出てくるが、肝心なのは、その血の循環を眺める詩人の放心の姿勢であろう。（中略）飯島耕一はここで全く新しい問題に直面しなければならなかった。すなわち、ある世代に共通した疾患である貧血状態のなかで、新しいメタフィジックを創り出すこと、放心を理解にまで変質させること。》

ここで言われている〈ある世代〉に共通する〈貧血状態〉とは、すでに書いたように、一九三〇年代前半生まれの世代が引き受けることを余儀なくされた人間不信、社会不信によってもたらされたものであることは明らかである。一九三二年生まれの岩田宏にも、そのような世代に共通する痛みがよくわかちもたれているのであろう。

しかしながら、ここでこれ以上の世代論への還元は不毛である。さきの谷川俊太郎の例からもわかるように、同世代にあっても資質や環境、体験の差異によって、〈戦争〉と〈戦後〉の把えかたはさまざまでありうるからである。したがって問題は飯島耕一における〈戦争〉と〈戦後〉のあらわれの個有性を確認するところにもとめられなければならないのである。

「他人の空」という作品はその意味でも象徴的である。

鳥たちが帰ってきた。
地の黒い割れ目をついばんだ。

なぜ〈鳥たち〉なのか。それは何の隠喩なのか。小川徹の言うように、航空士官学校にあこがれ入隊許可を受けながら、敗戦によって空を飛ぶことを断念した若き飯島耕一が「憧憬の目でみた帰ってきた飛行士たち、空を失った英雄をイメージした」(「飯島耕一における詩と真実」、『飯島耕一詩集』〔現代詩文庫〕所収)というようなものだろうか。おそらくそうではない。敗戦によって飯島はあるいはそのような憧憬をいだいたかもしれない。しかしこの詩を書く時点においてこうした軍国少年的なロマンは克服されていたにちがいない。むしろ、日本軍国主義の一角を体現していた航空兵たちに飯島は言いしれぬ憎悪すら感じていたのではなかろうか。

そのことの論証はひとまず措く。ただここで感じられることは、〈地の黒い割れ目〉に像化される戦後日本の焼跡風景は奇妙な象徴性を帯び、〈鳥たち〉は意志的な動きを孕んでいるかのような不穏さを秘めていることである。だがさらに注意しておきたいのは、その主体は〈鳥たち〉でなくてもよいのであって、そこに〈戦争〉の傷跡を確認し〈戦後〉を導くことのできる他者が外部から代入されればよかったのだ(もちろん、〈鳥たち〉と〈空〉とのイメージ連合が緊密なぶんだけ作品として完成されているという事実は別の問題である)。つまり、〈鳥たち〉はなにものかの代理なのだが、そのなにものかには飯島自身は含まれていない。〈鳥たち〉は〈地の黒い割れ目〉をついばむが、それは〈途方に暮れているように見えた〉のである。視角はおそらく地上(=飯島)に固定されているから、空をめぐるものは〈他人〉のように見えざるをえない。そこからみると、〈血〉でさえも〈他人〉のように空をめぐるのだ。

〈戦後〉の焦土化した日本のなかに立ちつくして、そこから逃れようのない現実を認識するとともにに、そこへ逃れようとした空さえも他者に占有されてしまっているという抑圧と疎外の二重の受苦を受けた自己を痛覚するところから飯島耕一の詩は書き出された、ということは確認しておかなければならない。また、〈戦後〉を他者の所有として捉える視点とは言っても、それは先験的に与えられてしまった現実からのやむをえざる出発を意味するにすぎないわけで、そこから〈戦後〉意識が陥没したままでいられないことを飯島に示唆するなにかが見出されたはずだ。それはおそらく『他人の空』が書かれたとき対象的にとりだすにいたるにはあまりにも未分化なものであったろう。先にも書いたように、西欧的な知とナショナルな問題とが交互に飯島のなかにあらわれてくるのはこれ以後しばらくあとのことだからである。

ただそれにしても、詩「他人の空」は、作品の仮構水準としては具象と抽象のあわいに広大な象徴領域をとることによって、すくい切れないほどの意味性を獲得している不思議な作品である。たとえば〈地の黒い割れ目〉というイメージも、淡彩なデッサンにすぎないようにみえて、作品全体のなかに置きなおしてみると、田村隆一のような観念的な鋭角性とも、鮎川信夫のような戦前・戦中へのひそやかな連続性ともちがう、即物的なリアリティがある。これはまた、野間宏の『暗い絵』にみられるような、散文的文体でなければ描出できない絵画性ともちがう。それは少年の目がとらえた〈戦争〉の具体性なのである。一九六五年になって書かれた「ウィリアム・ブレイクを憶い出す詩」に次のような一節がある。

昼間おれは中学の校庭に、

伏せて機銃掃射を避けている
自分の姿を見た。とおく一つのイコンがあり、
一瞬　おれはそのけどおい幻が、
おれの手足を白く通過するのを見た。

こうした地面に突っ伏した姿勢で見上げる空、その眼の先で地面を激しく掘りかえしながら擦過する機銃弾、おそらく少年飯島耕一はそのような経験をくぐったにちがいない。飯島の自筆年譜（「詩集のためのノート・略歴」、『飯島耕一詩集』〔現代詩文庫〕所収）によると、敗戦の年の六月に岡山市の空襲にあっており、市の八割が焼失、灰儘に帰したことになっている。わたしはこの空襲が少なくともなんらかの映像を飯島の脳裡に強烈に焼きつかせているにちがいないと推測する。そうでなければ〈地の黒い割れ目〉のリアリティをうまく同定することができないのである。

このようなリアリティの根拠にもかかわらず、飯島耕一の意識にあって〈戦後〉は所詮〈他人〉のものでしかなかった。『他人の空』のなかの一篇「空」に次のような個所がある。

空が僕らの上にあった年。
目がさめるととつぜん真夏がやって来た年。

飯島耕一（の世代）にとって敗戦（＝〈真夏〉）とはこのようにやってきたのであり、敗戦につ

づく〈戦後〉とは流れることをやめてしまった〈血〉が行き場を失なったところで、むなしく他者の燔祭をみつめつづけることしかなかったのだ。この強いられた沈黙、自己の精神世界の構造を飯島がようやく対象化しうるようになるには、『他人の空』刊行までの約八年が必要だったと言える。岩田宏が書いたように、それが「飯島耕一の戦争であり、一九五三年当時になお生きながらえていた戦争の幻影」の意味であった。そこに詩人としての飯島の出発点があり、それをみずからの身体の闇深くもとめて表現に結実させたことは詩人としての欠くべからざる誠実さを証明するものであったと言ってよいのである。

飯島耕一はこのあと西欧的知への、とりわけシュールレアリスムへの関心をなかだちとして、次々に新しい詩の世界を開いていく。そのなかで比較的新しいものとして『ゴヤのファースト・ネームは』(一九七四年)や『バルセロナ』(一九七六年)をすぐれた詩集として認めることができる。これらはいずれも飯島における西欧的知の源泉を〈旅〉によって確かめなおすという操作を方法的な核にえらんでいる。そしてその方法の延長線上に『宮古』(一九七九年)がくるのであるが、これについては後述する。

そのまえに飯島についていくつか確認しておきたいと思われることがあるからである。

そのひとつは、すでに述べたように、飯島の詩における〈西欧〉—〈日本〉の二極構造が詩作品としての分裂ないしは無媒介的な二元論図式となって破綻をきたすことが少なくないということである。このことを言いかえれば、飯島の身体を規定している一次的な日本的自然(生活習俗、言語、考え方〉と二次的身体として身にまとった西欧的教養・知識とが乖離したままである場合が多いことを示している。

もうひとつは、すでに岩田宏も指摘していることだが、飯島には〈代表者の発言のひびき〉がたえずつきまとい、〈一つの世代の声〉をとどろかせようとする不思議な欲望が見出されることである。この傾向は最近ことに著しく、たとえば『夜を夢想する小太陽の独言』収録の諸作品などにおいては、みずから〈小太陽〉と名のるところにも示されているように、あまりにも自己中心的、独善的になりがちで、しばしば滑稽かつ悲惨である。こうした意識のもちかたは初期からかなり一貫してみられるもので、その表現が自己の身体的存在の闇を媒介しえないときには身ぶり手ぶりよろしくの壮大な失敗作となり、いささか読み手が辟易してしまうような説教調に陥ってしまうのだ。

さらにもうひとつ、これは同じことかもしれないが、飯島一流の楽天的とも言うべき発想が随処に顔を出すことである。あるいは予定調和的思考とも言うべきか。自分の声調にたいする絶対的な自信のせいか、ある時代なり状況なりに自分をコミットさせると、そこから引き出されてくることばは飯島自身によっては一度も疑われないことばになってしまう。それはいわば神の声、恩寵のインスピレーションというわけだ。ひとことで言えば飯島は〈古い詩人〉なのだ。

——以上の三点は飯島の詩の欠点でもあるが、ときには長所にもなりうる特徴である。飯島のなかの〈古い詩人〉はわれわれが失なってしまった世界との一体感、即融感を十分に保持しており、その息吹きはときとして壮大なスケール感をも表出するからである。飯島は現代の覡なのかもしれない、とひそかに思ってみたりもする。しかもシュールレアリスムの洗礼を受けたはずの、もっともモダンな精神の所有者としての……。

4

こうした飯島耕一の詩の方法がほんとうにみずからの表現の核とぶつかるのは〈宮古〉との出会いにおいてであることはまちがいない。すでに多くの詩のなかで飯島の〈戦争〉は微妙な屈折をみせてきた。そこでは「他人の空」に見出したみずからの表現の根拠がかかえている二重性――表現の根拠であると同時にほんとうはそこから疎外されているという規定性――をなんとかして克服しようとする衝迫が感じられる。そのような例としてもっとも矛盾を孕んだものと考えたいのは「一九五六年十月十一月」という作品ではないか。わたしはこれまで、この詩の冒頭の、

おれだってファシストになれるかも知れぬ

という一行のなかに、かなり屈折してはいるが本質的には偽善的な匂いをかぎつけてきた。つまり、おれはファシストではないが、なろうと思えばファシストにでもなれる、しかし意識的になるつもりがないのだ、ということをいささか大げさな身振りで語ろうとしていると思われたのである。そこには〈おれだってファシストになるかも知れぬ〉と書く場合の、状況に規定された人間の弱さからくる精神の衰弱した状態（＝ファシズム）への転落を危惧する感情表出とはまったく別個の精神

の位相が示されている。〈おれだってファシストになれるかも知れぬ〉という表現は〈なるかも知れぬ〉という単純な認識とは違う、どこか勝ち誇った居丈高な姿勢をあらわにしている。そのように理解することで、わたしはこの一行に長いことこだわってきたと言ってよい。北川透は「ゴヤのファースト・ネームは」のなかの〈ベトナムの戦争が終ったいま／はじめてゴヤの詩を／書くことができる。〉という詩句の根底に「たんなる左翼コンプレックス」を感じとると言っていながら、「それよりも、ベトナム戦争のさなかに、《おれだってファシストになれるかも知れぬ》と書くことのできる飯島耕一をわたしは愛する」（「バルセロナ出身の鳩」、『詩的火線』所収）と書いている。この批評はわたしにとって少なからぬショックであった。わたしがそれまで抱いていたこだわりをこんなふうに軽く相対化してしまう批評の力が開いてくれた視野のなかにこの作品はあらためて問いを含んで立つことが可能になったと言える。そしていままで述べてきた文脈に即して考えなおしてみると、この作品が飯島の作品史において占める位置がおのずと明らかになるにちがいない。すなわち、ここでの〈戦争〉は飯島の体験の核に根ざしている〈戦争〉とはくいちがっているにもかかわらず、それを飯島はみずからの〈戦争〉に強引に結びつけようとしているると考えられるのだ。

それにしても　戦闘帽をかぶった
悪童時代の幼いおれたちの魂たち
劫掠されようとしていた、
ファシストの秩序に。

冷えた畳のうえ
腹ばいになって
あまやかなチェロの音を聞きながら
昔、泥だらけの匍匐前進が
おれの血をたしかにひととき波うたせ騒がせたことを
思ってみる

（4連・前半部分）

このようなイメージはほんとうは成立の基盤をどこにももっていない。主体としては〈戦闘帽をかぶった／悪童時代の幼いおれたち〉だろうが、〈冷えた畳〉〈泥だらけの匍匐前進〉という日本的または日本陸軍的イメージのまっただなかに〈あまやかなチェロの音〉など聞こえるものだろうか。あるいは戦争中の天皇制共同体の秩序を、〈幼いおれたち〉が〈ファシストの秩序〉などと概念的な把握ができるはずもない。北川透の言うように、これはヴェトナム戦争を念頭において書いているのかもしれないが、それにしても奇妙な戦争のイメージではないだろうか。この詩の引用部分の少し前には次のような個所がある。

薄明に動員された　奇妙にしずかな
ファシストの軍隊が、

大股で歩きまわり
勢よく廻れ右をする。
まもなく一つの無辜の町を焼き払うため。
（2連・後半部分）

これはヴィスコンティの反ナチ映画の一場面などを髣髴とさせるが、あるいはスペイン戦争のイメージに近いかもしれない。どちらにせよ、ここでの飯島の〈戦争〉は多分にヨーロッパ的なイメージに傾いており、そこにかすかに記憶の底から浮きあがってくる体験的なイメージを重ねているにすぎない。おそらくこの時期の飯島においては西欧的な知へのヴェクトルが優勢だったにちがいない。そこに飯島の〈戦争〉が奇妙なイメージの散乱にとどまってしまった理由のひとつがあると言える。少なくとも飯島における〈西欧〉と〈日本〉の未分化な状態がこの詩の根底にはかくされていた。そもそも〈ファシズム〉という概念そのものが西欧的な響きにつつまれており、日本軍国主義の本質はたしかにファシズムにはちがいないにせよ、当時それが外部世界にたいしてもっていた意味（侵略性）ほどには内部世界（日本国内）にたいして概念として機能しなかったのではないか、とわたしは考える。つまり国内的ファッショは、特高警察によるそれにせよ、隣組制度という共同組織を通じてのそれにせよ、もっとじめじめした非論理の世界、いわば宗教的な天皇制共同体の狭いワクのなかでのできごとにすぎなかったのではないか、ということだ。そこでは力の論理としてのファシズムは、奇怪な民族的統一原理としての天皇制のなかに吸収されてしまっている。そのなかでは自己を対自化するとともに対他化しうるもののみが、自己をも含みもつこの病理現象を〈ファシズム〉と規定することができる。しかしながら、戦時中の日本にはそのようにみずからを、そして国家およびその軍隊を〈ファシズム〉と把捉しうるものは絶無に近かったことは確実である。飯島の〈戦争〉詩がほとんど、そうした二重化された〈日本〉を媒介にしていない、後付けのものとみえるのもゆえのないことではないのである。

ずっとあとになって（一九七六年）、飯島はもういちどこの言葉にこだわりを示している。「七六年夏の終りの黒い歌」というのがそれだ。長い詩であるが、その冒頭部分はいきなり次のように切り出されている。

地下鉄の駅ですれちがった
何千　何万という顔のまぼろしを
ファシストでない　おれは
どう考えていいか　わからない
あの　どこまでもつらなった
顔のまぼろしは　一人の
ファシストを求めているのか
そう考えるといちばんよくわかる

無名の大衆の無表情とすれちがいながら、そこにファシズムへのひそかな傾性をかぎつけてしまう飯島の感受性の鋭敏さは正当なものにちがいない。しかし一方、その大衆のイメージがあまりにも類型的であることを見落とすことができないだろう。ここにあるのは、ファシズムに直結する大衆から切り離され、そのことをたんに納得すること以上の方法をもたない非ファシスト知識人というくらか時代がかった構図である。このような大衆把握のなかに、典型的な軍国主義大衆のひとりであった自己が知識人として上昇・自立する過程で獲得された認識の深まりをみるとともに、いぜんとして昇華されていない〈戦争〉の投影を確認しておかなくてはならない。そして飯島にとってみずからの〈戦争〉を対象化できるためには、それにふさわしい時空間軸の発見が必要であった。

飯島耕一における〈日本〉と〈西欧〉のバランスが〈日本〉のほうへ一挙に傾いていったのは、一九七七年の一月と八月の二度にわたる宮古島行きに端を発する、個有のモチーフの発見があってからである。『現代詩手帖』一九七七年五月号に発表した「next〈反・私詩の試み——その3〉」には、宮古島北方の小島（池間島）の集落に足を踏みいれたときの〈名状しがたい戦慄〉についての記述がみられる。このときの飯島の感動は十分に想像することができる。詩集『宮古』に収録された散文「池間島案内」のなかで飯島はこの戦慄的経験について詳しい説明を与えている。それによると、池間島上陸のあと、部落へ入り、浜へ行き、島でただ一軒の食堂であるソバ屋で郷ひろみと天地真理の古いポスターを見出すまでの三十分間に出会ったものは、〈つげ義春のマンガさながらの、一種ネガの世界〉であり、〈小さな、低い、四角な南島独特の住居の並ぶ〉部落であり、そこを〈曲りくねった、しかものぼり下りする、まるで古代的なジェットコースターのような道〉が細々とつながっている謎めいた世界であり、突然その道にあふれてくるたくさんの老婆と幼童であった。

《わたしはかつてこれほど夢まぼろしのような歩行をしたことがない。未知の部落の奥へ、一歩、一歩、入りこんで行く、なまなましくおそろしげな、瞬間のつらなりがあった。世界の臍か陰門がもし存在するならば、それへと近づいて行く、惑乱があった。》

飯島の直観がここで把えようとしていたのは、このときまでかれの潜在意識をとらえて離さなかったにちがいない自己存在の〈闇〉の部分であったと言っていいだろう。自身の〈戦争〉体験を戦後においてはじめて実体化したのが『他人の空』の諸作品であったとすれば、この『宮古』はそれ以後くりかえし対象化された〈日本〉というモチーフに構造的な論理性と深みを与える視角と方法を獲得した詩集である、とみなしてよい。むろんそこには自己の個有存在の根底を浚渫してみたいという表現者にとって切実な欲求に根ざしたモチーフも内蔵されていた。その意味で〈宮古〉とは飯島の個有の表現にとって自己の〈闇〉の核心をつく方法の象徴であった。そしてまた、宮古をふくむ南島とは、日本の〈辺境〉に位置しながらその歴史的・宗教的・文化的な成立与件において〈日本〉の根源的な〈闇〉を象徴するものでもあった。その意味でも飯島が〈宮古〉に魅かれたというのは必然であったかもしれない。

私は宮古に教えられた

戦中と戦後意識のタガに
爪に
しっかりと頭を摑まれてしまったわたしは
宮古によってようやくそれからの離脱ができるかもしれないのだ

（「宮古」2より）

戦後三十三年、ぼくはもっとも戦後意識にこだわって、それに執着してきたほうだと思う。
それが南島へと救いを求め、一気に視野がひろがってきたのではないかと思う。

（「釈迢空の沖縄の詩と歌」）

飯島にとって〈宮古〉とはまさにこのように意識されていた。ここで言われている〈救い〉とか〈離脱〉という以上に、これまでの飯島の詩にとっての桎梏であった〈西欧〉と〈日本〉の二元論的構図からの全的な解放が、したがって意識の抑圧からの解放がそこにはみなぎっている。この詩集において飯島の若々しいまでの抒情性が存分に展開されていることは見ておかなければならない。

飯島は〈宮古〉において自身の存在の闇が原初的な形態のままに現前しているのを見たと思ったはずである。あるいはこうも言える。飯島の詩表現の根拠はすでに『他人の空』において輪郭が与えられており、あとはその内実を充塡すべく、〈戦争〉が飯島のなかで実体化させてしまった現実的な諸関係総体の意味を対象化することだけが残されている、と。つまり、飯島の個有存在を貫通していた――そしてそれが民衆をファシズムへと一元的にかりたてていた――日本固有の共同体構成とそのイデオロギーの構造を問うことが残された最大の課題としてここにせりあがってきたのである。

宮古が見えてくる
戦後三十三年　ようやくわたしが見つけた　島宮古。

（「宮古」1より）

という表現には、〈宮古〉を象徴とする自己の根源的モチーフにつきあたったことの予感がはっきりと定着されている。飯島は明確にはしていないが、それこそ〈天皇制〉の問題として総括しうるモチーフであるはずだ。少年の飯島を日本軍国主義のもとに走らせたのも〈天皇制〉なら、〈宮古〉に戦中・戦後意識からの解放を象徴させたのも〈天皇制〉にほかならない、とわたしは考える。してみると、詩集『宮古』の冒頭におかれた次の一句はどのように解釈すべきだろうか。

戦後が終ると島が見える。

この一句はたしかに鮮明なイメージをもっており、しかも同時に、飯島のモチーフを一点に凝縮した硬度と鋭さを秘めている。しかし、わたしにはこれはいささか出来すぎの文句のように読める。

引用句につづく部分と関連させて読むと、〈がたがた揺れるプロペラ機〉から眺められた島、朝の霧（〈戦後の霧〉！）の切れ目に少しずつ姿をあらわす宮古島のイメージを下敷きにしていることがわかる。そうであればちょっと気の利いた惹句にすぎないのかもしれないが、わたしにはそれだけとは読めないのである。少なくともこの一句は飯島のキイ・コンセプトであるにちがいない。なぜなら、同じ詩の少しあとに〈戦争と戦後の影響のもっともなかった島〉として宮古が考えられているからである（もっとも、この理解が間違いであったことは「特別力の神さま――続池間島案内」という散文で飯島自身がのちに認めているが、そのことは本稿と直接の関係がないのでいまはおいておく）。すなわち、飯島の意識のなかでは、戦後の時間性の埒外に〈宮古〉は存在するのである。いわば〈宮古〉は飯島の呪縛された時間意識を凍結させるもの、あるいは悠久の太古的時間のなかにそれを拡散させてくれる空間的拡がりとしてのみ把えられていたにちがいないのである。

しかしこうして考えてくると、ただちに想い起こしてしまうのは、かつて吉本隆明が「南島論」のなかで展開した〈時‐空性の指向変容〉という概念と、それにもとづいた〈南島〉へのアプローチの方法論とである。吉本はそこで、民族学や文化人類学のフィールドワークがひとつひとつの事象を文化の歴史的発展のリニアーな展開のなかのある特定の時間性に対応するものとしてスタティックにとらえて事足れりとする方法に異議を提出し、そのかわりとして、ある空間性を現在時のなかに嵌入されたいくつかの時間性の重出された構造として把握することによって、現在のさまざまな制度を読み解くための資料として活性化させるというダイナミックな方法を示唆したのであった。そしてその方法にもとづいて南島に残存しているさまざまな宗教的儀礼をそれぞれ固有の歴史的段階にあるものとして析出することをつうじて、天皇制国家の成立過程を宗教的側面から浮きあがらせることに成功したのである。

飯島がこの吉本の論及を意識しなかったとはとうてい思われないが、それにしては時間－空間の関係構造はヴェクトルの方法がまったく逆であると言わなくてはならない。つまり、吉本は伝承的遺制を、現在時を基軸とする時間の関数とみることによって現在の時空間を統一的に把握しようとするのにたいして、飯島は自身の生活史を貫く戦中・戦後の時間をそこから排除することによって太古・古代から一挙に来たるべき未来へ跳躍する媒介として〈宮古〉を呼び寄せようとしていると思える。ほんとうは〈戦後が終ると島が見える〉のではなくて、戦後の時間を逆行して自己史の〈闇〉の核心まで射抜くものとして〈宮古〉が媒介されるべきであったのではないか。

飯島は『宮古』の「あとがき」で次のように書いている。

《さて宮古というこちらを誘ってやまないテーマをここで手放して、これから何をテーマとするか、半ば呆然とする思いである。いったんはこのテーマを手放す。魅力があるからそれに溺れず早々と手放すのである。この一年半、宮古というテーマがあるために、詩を書く上で大船の上にいる思いであった。》

この言葉に嘘はない。にもかかわらずそこにはある不安の表情があらわれている。飯島のなかの〈古い詩人〉がみつけたこの恰好のテーマは、それがみずからの存在の闇を根底から照射してしまう力をもっているため、飯島自身によって無意識のうちに遠ざけられてしまったのではないだろうか。先にも書いたように、〈宮古〉とは必然的に時間の空間化とも言うべき契機を孕み、そこを押しつめていけば、日本的（擬）自然の原型とも言うべき天皇制的共同体の構造をいやおうなしに浮上させる可能性がありえたはずである。もしそうであれば、そこに若き飯島の心をとらえた日本ファシズムの形成原理を抽出しうる思想（詩）の可能性がうまれたであろうし、そのことによって〈戦後〉を止揚する方向のひとつが時代の闇のなかから姿をあらわしたかもしれないのだ。飯島にはときに不可解な良識のようなものがあって、ここでもそのためにこの千載一遇のチャンスを逸することになってしまった。「魅力があるからそれに溺れず早々と手放す」などという妙なバランス感覚への配慮などせずに、この個有のモチーフをその核心へむけてとことん絞りきるような格闘が必要だったのではないか。〈詩を書く上で大船の上にいる思い〉というような、先験的な〈詩〉への安易なもたれかかりではなしに、詩という表現形式が成立するまえにその表現そのものが本質的に稼動しうる現実的基盤をそのつど見出していく力業が、今日の詩（あるいは表現）にもっとも切実にもとめられている課題であろう。

飯島の〈宮古〉はすぐれて現在的であるように見えて、そこに重出された構造としての〈歴史〉を捨象していることにおいて、いまだ完全に現在を対象化しているとは言えない。言うまでもなく〈宮古〉は、飯島の〈戦争〉と〈戦後〉を今日において一元化してとらえうる視野を与えることによってしか、そのモチーフの豊饒を展開しきることはないのである。わたしとしては、『宮古』がすぐれたモチーフをもつ詩集であるだけに、その達成された高さをさらに超えていく方法意識の欠如に、あえて不満の意を表さざるをえないのである。

第三章　〈敗戦〉の風景

1

〈戦後詩〉の概念についてこのあたりであらためて検討し直しておいたほうがよさそうである。というのは、最近この概念をめぐって、いくつかの異貌の論理の所在がみえてきたからである。

すでに序章でその基本的枠組を設定しておいたように、わたしの考えている〈戦後詩〉とは一義的に実体的な概念ではない。たしかに戦後三十数年の歩みというものが必然的に作りなしてきた時空間として、その存在を無化してしまうことはできない。それが〈戦後詩〉と呼ばれようと呼ばれまいと、敗戦期以降の新しい歴史的社会的動向を背景として、詩が書かれつづけているという事実は否定しがたいのだ。しかし、それが実体としての〈戦後詩〉の範疇にくくりこまれてしまうことにわたしは賛成できない。それは書かれた作品のみをプラス要因とし、当為としての詩（表現）をマイナスへと追いやる秩序の原理が貫かれたものと判断することができる。書かれるべくして表現に至りつけないある未知の可能性がひとりの書き手の想像世界のなかに宿っていることを、そうした観念は無視することしかできないのだ。また、個別の身体的地平がかかえているある表現への指向は、それとしてとりだすことはできなくとも、それが個別の〈闇〉を対象化しえたときに生みだす世界は、ときとして既存の範疇を超える。ほんとうの〈戦後詩〉の実質を形成している部分は、飛び立とうとしてバタバタ羽を動かしているこれらの個別主体の視野の拡がりのなかに見えている風景にこそあると言うべきだろう。つまり、それは通時軸、共時軸のそれぞれの地点に立って詩的想像力の展開を跡づけていくという方法によって、はじめて構築される概念なのだ。言いかえれば、実在する〈戦後詩〉とは、通時軸・共時軸の交点に浮きあがってくる作品群を結んだ点と線のようなものにすぎず、それは当然のことながらあるべき〈戦後詩〉空間のなかに包摂される部分でしかない。わたしが〈方法としての戦後詩〉という概念を用いようとするのは、現象として見出される戦後の詩を媒介として、当為としての〈戦後詩〉の全体像を構想しようとするためにほかならないのである。そしてその構想のなかには、止揚するべくして止揚されていない〈戦後〉の問題を、詩における思想性の課題と結びつけていこうとする意識もまた含まれている。

このようにみてくると〈戦後詩〉などもともとなかったのだとか、そんなものはありえても、もうとっくにカタがついてしまったのだというような見方は、じつに浅薄な考えだと言わなければならない。もしそこに、そうした観念の媒介をへずに表現をかぎりなく抽象化していった地点で自己の根底にぶつかろうという明確な方法をもっているのでないとすれば。

たとえば吉岡良一は『羅針』13号（一九八二年十二月）で次のように書いている。

《今、詩や詩に関する批評なりが「戦後詩」と呼ばれるメイン（それはおおよそ詩の商品としての値の系譜）をいかにして長くひきずっていけるか、の、耐久力競争になっている観があるが、これはほとんど瀕死に近い様態で、かろうじて点滴によって今日を保ってみせる。こんなことは誰も知っていることで、例えば誰それは、と言ってみたところでしかたがない。しかたがないからといっても、いわば、この「詩の独占化」の構造は容易なものではないから、「頭のはたらく詩人たち」は、その尾っぽにくっつくか、「戦後詩」のほころびを縫い、あるいは同じことを言葉をたくみにすりかえて言い直したり、決して枠組みの中から出ようとはしない。これは、今あって顕著な現象であり、これまたよく知ってのとおりである。近頃までよくひかれたキイワードは「修辞的な現在」という言葉だが、吉本隆明という人が「どうやら今は、修辞のみが個の表現の差異を示す指標となっている」とか何とか感想をたれ流して見せれば、たまたま吉本氏が商業詩誌の幾冊かしか読んでいない結果の抽象化をしているだけなのに、みんなワッとばかりに「修辞・修辞」と合図をしてみせる。そうやっているかぎりは「戦後詩」も、安泰であるからね。まあ、最近はそのキイワードもあきられたらしくあまり口にしない。近ごろは「戦後詩の対象化」というのがはやっている様子だ。よくやってくれるよ、と思うが、「戦後詩」が商品としての値がある以上はまだまだ続くだろう。（中略）それにしたって、どうして「戦後詩」という概念が成立するなどと言えるのか、と思う。私は、モダニズムの一大派閥しかそこに見ることができない。一個の「詩人」の生き方や詩作品の差異や分別や仕事ぶりや、何のかのは、本質ではないところの「戦後詩」によって一緒くたできる派閥というものを思う。「荒地」のことをいっているのではない。「戦後詩」という命名されたものすべてについて言っている。混乱をおそれずに言うなら、「戦後詩」という概念は、私には成り立たない。「戦後詩」とそれ以外のものを分別する差異はない。そう言ってしまえばいいのだ。何も、しかつめらしく観念をいじくりまわして、まわりくどくする必要はない。》（「極北の夢(十一)」）

長く引いたが、吉岡の言わんとするところをできるだけ正確におさえておく必要があると思うからである。ここでは具体的にはなにほどのことも言われていない。どちらかと言えば、自己の立脚点を没却してミソもクソも一緒くたにした〈戦後詩〉総否定論といった趣きが強い。そうとまで言わなくとも、〈戦後詩〉という概念の不成立はここで明確に宣告されているのだから、この主張の当否を検討することによって〈戦後詩〉否定論のもたらす意味を逆方向から問い直しておく機会にはなると思う。

くりかえし言えば、わたしは〈方法としての戦後詩〉という媒介をつうじて〈戦後詩〉の実体構造を明らかにしつつ、それによって貫通されている現在の詩の方向をさぐりたい、という二重化された方法をとろうと考えている。したがってわたしの立場は〈戦後詩〉概念の自明性のうえにすえられており、ただ、それを既成の実体としてまるごとの肯定的な評価や一面的な否定の対象とはしない、というところに力点がおかれている。吉岡の言うふうに断絶した過去として〈戦後詩〉をとらえることはそもそも不毛ではないか。吉岡にとって〈戦後詩〉総体の経験の蓄積とは現在の自分（の詩）においてどのようなものと認識されているのだろうか。戦後詩の全体像が〈モダニズムの一大派閥〉としか見えないとはあまりにも皮相にすぎるだろう。「戦後詩の対象化」がはやっているというのは知らなかったが、もしそういうことであれば、わたしが現在やっていることなどはまさしくその最たるものかもしれないから、吉岡の口吻を借りれば「よくやってくれるよ」ということになるのだろう。しかしそのように他人をコキおろすまえに、ほんとうに「戦後詩の対象化」というのがそんなにつまらないことなのか考えてもらいたい。言うまでもないことだが、詩の本質からみれば現象的な時代区分にすぎない〈戦後〉に対応してつけられた〈戦後詩〉などという名称は詩の価値とはいささかも関係がない。だが、そのことと、個々の表現主体としての自分が否応なしに〈戦後〉と〈戦後詩〉のなかで生きてきたこと、詩を書いてきたこと、また、これからもそのようにして生き、書きつづけていかざるをえないことはまったく別の問題である。まして、吉岡良一の表現者としての軌跡は、わたしの知るかぎりでも〈暮らし〉を対象化することにおいてすぐれて戦後的な課題を詩にもたらしていると言えるわけで、吉岡自身がなんと考えようと、みずからもまた〈戦後詩〉に規定されつつそれをのりこえようとせざるをえない表現者なのにちがいないのだ。さきに引用した部分の少しまえで吉岡は次のように書いている。

《実際の暮らしは常に具体としてのみある……。日々の生業や、くだくだした関係や、酒を呑む時間や、電車の乗り方や、電話の応対や、それらすべての総体として暮らしはある。詩を書く行為は、いつも、その暮らしの具体からはみ出たところで、いわば余計事として、暮らしに対応する。その意味から言えば、書かれた詩は常に書いた人間の暮らしの総体に検証されるわけだ。》

このような〈暮らし〉という具体を媒介する方法こそ、吉岡に個有の戦後的時間がかれの表現に強いた必然の帰結とみなすことができる。そしてこの方法もまた、戦後的母斑を存分にあらわしていよう。なぜなら生活の基盤をそれ自体として価値とみなす思想は、たとえ不十分なものとはいえ、この国では戦後はじめて生まれたものだからだ。吉岡がみずからの表現の根拠をそのように定めたことの論理的展開として、〈戦後〉と〈戦後詩〉を呼び寄せなかったことを残念に思う。〈戦後詩〉が〈瀕死〉の状態にあるとすれば、それは誰よりもわたしたちの責任と考えるべきではなかろうか。少なくともわたしたちは、現在の日本の現実を根底から変革しえないかぎり〈戦後〉の止揚はありえないのだから、好むと好まざるとにかかわらずその〈戦後〉的時空のなかにいぜんとして監禁されている。そのことへの自覚ぬきの〈戦後詩〉批判は、みずからの表現の根拠を無時間的な日常へと解体してしまうだろう。これらの問題は〈戦後詩〉の商品性などとは無縁の地平で語られなければならないし、だからこそまた、方法意識をもとうとすることが切実に望まれるわけである。

2

〈戦後〉とひと口に言われる時間の内部構造は、にもかかわらず、そののべたらな外観の下に戦中・戦後とのひそかな連続と不連続の契機をかくしもっている。たしかに敗戦をきっかけとして天皇制ファシズムの支配機構は大きく崩れざるをえなかったし、民衆レベルでの人民主権的風潮は一種アナーキーな解放感を生み出した。そうした戦後間もないころの革命的気運は、やがて再興してくる日本独占資本とGHQの巧みな管理・抑圧の戦略によってバラバラにされていく命運をもっていたとはいえ、少なくとも戦前・戦中のファシズム支配を解体しうる運動力を秘めていたにちがいない。その時代の革命的エネルギーは、おそらく敗戦による大衆の一時的な無産化をバネとして生まれたものであろうが、それを真にラディカルな運動へと架橋する思想が成立しなかったところにこの運動の破産があったはずである。逆に言えば、体制側の思想こそがこの局面を優勢のうちに切りひらくことに成功したのである。そしてこの微妙なバランスにおいて戦前・戦中の思想が戦後支配の思想へと変質させられたわけである。むろん軍国主義的思想は後退し、その温床であった地主制度も改変させられた。そして民衆をその名において戦争にかり立てた天皇は〈人間〉に降格するとともに〈象徴〉化されることによってA級戦犯の座から免罪される。ここに戦後の支配思想が何を選択し、何を切り捨てたかが明確にあらわれている。この思想的選択が現在へといたるパースペクティヴのなかでいかなる帰結をみてきたか、あるいはみせようとしているかは当面の課題ではない。ここではただ思想レベルにおける戦後的展開が、詩（表現）の独自の問題とどこでどう結びついていくのかを確認しておけばよい。

わたしはまず〈敗戦〉の意味を問うことからはじめようと思う。〈敗戦〉の風景とはどのようなものか。

たとえばここに鮎川信夫の詩を引いてみる。

埠頭に人かげはなく
ぼくらの船を迎えるものはなかった
夢にみたフランスの街が
東洋の名もない植民地の海にうかび
カミソリ自殺をとげた若い軍属の

白布につつまれた屍体が
ゆらゆらとハッチから担ぎ出されてゆく
これがぼくらのサイゴンだった
フランスの悩みは
かれら民衆の悩みだったが
ぼくら兵士の苦しみは
ぼくら祖国の苦しみだったろうか
三色旗をつけた巨船のうえにあるものは
戦いにやぶれた国の
かぎりなく澄んだ青空であった

（「サイゴンにて」前半）

この詩は、日本軍の攻撃によってフランス軍が蒙った敗北と、その後の日本の敗戦とを重複させて書かれていると考えられる。鮎川がサイゴンへ寄ったのは一九四四年五月ごろのことで、スマトラでマラリヤにかかり、病院船で内地へ送還される途中のことであった。そのときのことを鮎川は次のように書いている。

《サイゴンへ入って私の目を一番最初にしかも烈しく射たのは埠頭に横付けになってゐる汽船で仏蘭西のトリコロールの旗印を船腹に鮮やかに描いてあった。私はそれまでその二年間ほどのあいだに一度もフランスのことなど思ひ浮べたことはなかったし、日章旗以外の国旗は一度も見なかったので、三色旗は目をよろこばした一種異様な刺戟であり、私は何故か涙のやうなもので眼が曇ってきたのである。私はこの時の涙を一寸説明し難いのだ。「ああ、フランスといふ国があったんだな。もう亡びたと思ってゐたフランスといふ国が」――いや私は決してフランスが亡びたと思ってゐたわけではない。ただそれはあまりにも今迄は現実とかけ離れた存在であったのである。私はその時、我々の鼻面をとって勝手に引き廻し、我々自身を駆って常に政治的な出来事や虚偽の熱情のうちに精力を消耗せしめ、虚名や歴史的必然の名を借りて奉仕や犠牲を強ひる一切のものに反撥を感じた》（『戦中日記』）

当然のことながら詩においてはいくつかのことがフィクションとして書かれている。いや、詩を現実のほうから読もうとするからそのようにみえるので、イメージのなかの〈サイゴン〉はどちらも真実であると言わなければならない。それはともかく、こうした背景のうちにおいて詩「サイゴンにて」を読んでみると、ここで問われている〈兵士の苦しみ〉の無意味さは、日本近代の負性を〈戦後〉へと媒介するすぐれて思想的な契機を孕んだ問題とみえてこよう。もちろんそこには、日本もフランスも、さらにはドイツもイギリスもアメリカも所詮は資本主義の帝国主義化した段階の国家にすぎず、第二次大戦とは後進帝国主義国家群による先進帝国主義国家群に対する世界再分割戦争の挑発にほかならないとする認識を欠かすことはできないけれども、そのような理解のもう一方で、それではなぜ〈フランスの悩みは／かれら民衆の悩みだった〉が、〈ぼくら兵士の苦しみは／ぼくら祖国の苦しみ〉ではないのかが解かれなければならないのだ。

鮎川信夫の近代的な自意識が直観的に把握していたのは、ファシズム的擬制集団が没論理的に強制してくる戦争の反個人性であり、反倫理性にほかならなかった。このことは、鮎川が戦争中から一貫してリベラルな個人主義者であったことと、その思想の来歴がヨーロッパに根ざすものであることとの、いずれとも深くつながっている。この詩における〈夢にみたフランスの街〉すなわち〈ぼくらのサイゴン〉は、鮎川のヨーロッパ近代への知識と憧憬が生みだした幻想的イメージであって、このあまりにも非日本的な港のうえには、植民地支配国フランスの敗北にもかかわらず、当然のように、〈かぎりなく澄んだ青空〉が広がっていたのである。それは近代ヨーロッパ的知性の、どこまで頽落していっても堅牢でありつづける精神構造の隠喩であるとともに、鮎川自身の抜きがたい西欧コンプレックスをいくらかは表出しているかもしれない。この〈戦いにやぶれた国〉という表象の深部には、そのあとに決定的な敗戦を受け容れなければならなかった日本の現実が沈められており、その〈戦後〉を覆う上空がサイゴンの空のようにけっして澄んだ青空ではありえなかったという深い絶望感も表出されていると思えるからである。すくなくともこの詩の意味表出の構造レベルではそのようなことが含意されているとみなければならない。

「サイゴンにて」という作品は、日本の〈戦後〉をヨーロッパ近代の論理的一貫性と明晰さ〈の幻想〉との対比においてとらえるという問題を〈喩〉としてみごとに提出したが、この問題が鮎川において十分に答えきられることはなかったのではないだろうか。〈兵士の苦しみ〉が〈祖国の苦しみ〉と一体化しえないのは現代においては普遍的なことだからだ。サイゴンのフランス兵にしても、その遠くアジアの地で戦うことなど〈祖国の苦しみ〉とは別の意味での苦しみであるにすぎない。そのことが鮎川に理解されていなかったとはまず思えないが、にもかかわらず、このような対比の構造が成立してくるためには、鮎川のほうに日本の〈戦争〉と〈戦後〉を、それ自体の内在性をつきつめる方向においてではなく、〈西欧〉という媒介を入れることによって、みずからの思想構築の出発点としようとする意図がつよく働いていたと考えないわけにはいかない。事実、敗戦直後の鮎川の詩の多くはそうした問題意識に支えられて〈戦後〉の渾沌とした風景をあざやかに整序してみせるという力量を示した。しかしそこに提示された風景がどことなく様式化され額縁に入れられた風景にみえてしまうのは、そうした方法のもつ避けがたい限界をも同時に示している。前にも書いたように、みずから〈遺言執行人〉と化すことにおいて方法的な挫折は必至だったのである。

秀作「繋船ホテルの朝の歌」では〈おれ〉と〈おまえ〉は安ホテルの窓から〈戦後〉の風景を眺めているだけであり、〈窓の風景は／額縁のなかに嵌めこまれている〉にすぎない。いわばこの二重化された額縁のなかではほんとうの〈戦後〉の風景はダイナミックなものとして動きだすことができないのだ。ここで風景が動くとは、風景のなかにみずから没入していき、そこで風景を切りひらき、またみずからも風景によって変えられていくという過程をさしている。鮎川における額縁化された風景とは、鮎川自身の選択した生き方の結果であるとともに、世界を〈荒地〉とみるエリオット的観念の鮎川的方法と呼ぶべきかもしれない。[☆1]

よく知られているように、鮎川ら『荒地』派の理念である〈荒地〉のイメージは、第一次世界大戦後の荒廃した世界（ヨーロッパ）をまえにしたT・S・エリオットの把握した世界像である。このイメージが敗戦直後の日本のイメージとして適用されたとき、たしかに日本近代のヨーロッパ指向の負性が、おくれてきた〈荒地〉的世界として戦後日本の現実のいたるところに擬似的な世界像を屹立させるということがありえたのである。そのことをわたしはすこしも疑わない。すくなくともヨーロッパ文化（とくにイギリス詩）の知識に涵養された鮎川信夫、田村隆一といった人たちには、戦後日本の状況がまさに〈荒地〉そのものとして映じていたこともまた必然なのである。〈戦後〉という時間に〈荒地〉という空間的イメージが自動的によびだされる、というふうに彼らの想像力は規定されていた。ここには彼らの知識人としての出自の構造の問題があり、それぞれの詩人について論じていくべき中心課題のひとつがある。いまはともかくも、彼らの教養・知識の偏奇性が〈戦後〉の現実に重ねあわせようとした〈荒地〉のイメージがどれほど切実であったかを確認する一方、そこに現出した〈戦後〉が彼らの〈戦後〉であったにすぎず、詩に形象化されなかった無数の〈戦後〉像の流産とともに、詩の〈戦後〉の全体はどこやらへ流失してしまったのだという視点を確保しておけば足りる。それは『荒地』派の仕事を相対化する作業であり、実現した現代詩の〈戦後〉性はあくまでも部分的な段階にとどまっていることを指摘することである。逆に言えば、彼らの体現した〈戦後〉は詩的〈戦後〉の現実でありながら、ありうべき〈戦後〉と〈戦後詩〉をうつしだす虚像とも媒介項ともなりうるものなのである。

こうした『荒地』派の視角と対比してみるとき、たとえば、日本の近代詩人の典型ともいえる高村光太郎が一九四七年（昭和二十二年）に書いた「暗愚小伝」のなかの次のような箇所には、良くも

☆1　「繫船ホテルの朝の歌」については『単独者鮎川信夫』の第四章第三節でくわしく論じた。

悪くも、〈戦争〉をどう総括するかという喫緊の課題が投映されている。

日本はつひに赤裸となり、
人心は落ちて底をついた。
占領軍に飢餓を救はれ、
わづかに亡滅を免れてゐる。
その時天皇はみづから進んで、
われ現人神《あらひとがみ》にあらずと説かれた。
日を重ねるに従つて、
私の眼からは梁《うつばり》が取れ、
いつのまにか六十年の重荷は消えた。
（「終戦」）

これが同じ長詩「暗愚小伝」のなかの「真珠湾の日」というパートでは次のように書かれていたことを思いかえしておきたい。

昨日は遠い昔となり、
遠い昔が今となつた。

天皇あやふし。
ただこの一語が
私の一切を決定した。
（中略）
私の耳は祖先の声でみたされ、
陛下が、陛下がと
あへぐ意識は眩《めくるめ》いた。
身をすてるほか今はない。
陛下をまもろう。
詩をすてて詩を書かう。

見落としてならないことは、この詩が戦後まもなく書かれた詩であり、高村独自の軌跡をえがいて〈敗戦〉を通過したあとにこれらが書かれたことである。あるいは同じことだが、これらを書きぬくことによって高村の〈戦後〉はひとつの転換を決定的なものにしたと言える。まだこの時期には戦争責任論は萠芽的にしかあらわれてこず、高村は高村自身の思想的総括によってみずからの戦争期の詩を断罪しようとしたのである。「暗愚小伝」をふくむ詩集『典型』（一九五〇年）の序にはいくらかの韜晦をくわえながらも、〈戦時中の詩の延長に過ぎない〉詩を否定しようとする姿勢が示されている。

《ここ（岩手の山小屋）に来てから、私は専ら自己の感情の整理に努め、又自己そのものの正体の形成素因を窮明しやうとして、もう一度自分の生涯の精神史を或る一面の致命的摘発によつて追及した。この特殊国の特殊な雰囲気の中にあつて、いかに自己が埋没され、いかに自己の魂がへし折られてゐたかを見た。そして私の愚鈍な、あいまいな、運命的歩みに、一つの愚劣の典型を見るに至つて魂の戦慄をおぼえずにゐられなかつた。》

高村光太郎が戦争期にはたしてきた役割は、それが大きな影響力をもつ存在だっただけに、どのような言葉によっても贖われるわけにはいかないほどの重大な責任をともなっている。かつぎだされたにせよ、そうでないにせよ、高村は大政翼賛会文化部詩部会の部長をつとめていた。しかしいまそのことを問うつもりはない。むしろ、高村ほどの存在がなぜ思想的に敗北しなければならなかったのか、つまり〈天皇あやふし〉という観念がこれまでの高村の巨大な歩みを凌駕しえたことの理由を問うことがまず先決である。そしてこのことをわたしの方法のなかで問うとすれば、戦後における高村の思想的総括の内実を別の文脈におきなおしてどれだけ把握しうるか、という問題にゆきつかざるをえない。

とりあえずわたしたちがここで確認しておかなければならないことは、高村の天皇礼賛詩をもって『荒地』派の詩の特殊〈戦後〉性を撃つことができるということでもなければ、ましてや高村の詩に〈戦後詩〉の否定的な祖型を見出そうとすることでもない。ただ、ここにあらわれた日本的秩序意識はまちがいなく〈戦後〉の出発時において遍在していたし、それは発現形態を無際限に増幅しつつ現在も執拗に再生産されていることにあらためて注意したいのである。これをひとくちに、天皇制秩序のもとでの民衆の精神構造の戦後過程と呼ぶことができると思う。もちろん現在の天皇制秩序というものは表面的な権力支配の体制とは異なる位相にあり、そのぶんだけ直接的な政治性を奪われているようにみえる。だが、そのことによって天皇制イデオロギーの失墜を証明しようとするならば、それはあまりにも現実に盲いた立場であると言わざるをえない。それどころか、天皇制的秩序を背面から支えるイデオロギーは、現在の日本の社会構造から個人の幻想領域にいたるまで、くまなく覆いつくそうとさえしているのである。それは、切っても切っても、われわれの存在の根底から芽ぶいてくるような、おそるべきしぶとさをもった否定性であるだろう。それを制度的に壊滅しつくさなければ、真の意味での〈戦後〉はうまれることがないのではないか、というのがわたしの基本的な考えである。

3

ここでふたたび先ほどの設問にもどって考えなければならない。すなわち〈敗戦〉の意味とは何か、その風景とはどのようなものか。鮎川信夫とも高村光太郎ともちがう視点からは〈敗戦〉の風景はどうみえただろうか。

たとえば高良留美子に「敗戦」という作品がある。

土間のわきの畳の部屋はすだれの下で薄暗くされ　在郷軍人の夫婦と数人の使用人のほか　女

ばかりの二組の疎開者の家族が坐っている。——正面の古ぼけたラジオが鳴り出した。雑音のあいだから疳高い声が聞えてくるが　意味はとれない。

放送が終ると在郷軍人は　乗馬ずぼんに軍刀というかれの得意の正装のまま外へ出た。近くの家々からも日盛りの街道に　人びとが出てくる気配がする。放送の内容がわたしたち疎開者の耳へもはいってくるころ　在郷軍人は入口の土間の正面にかかげてあった額入りの絵を地面にたたきつけ　磨き上げられた乗馬靴で踏みつけていた。シンガポールで山下将軍がパーシバル将軍につめよっている絵の複製だ。

（中略）

わたしは頭上に空襲から解き放たれた空を感じていた。女学校の夏休みは短かかったが　わたしはそれきりその学校へは戻らなかった。それは誰のものでもない　長い夏休みのはじまりだった。


作品の出来としては必ずしもすぐれたものとは言えないかもしれないが、こういう作品が書かれる根拠はあると思う。鮎川のような従軍兵士の視角とも、まして高村光太郎のような指導的見地からの立場ともちがう、いわば下から突き上げるようにして見られた〈敗戦〉の風景がここでの主要なモチーフとなっている。疎開している女学校生徒の原体験として〈敗戦〉時の天皇のラジオ放送と、それを聞いた在郷軍人のふるまいが不可解な驚きのままにとらえられている。この作品が発表されたのは一九七六年だから、高良の原体験がそっくりそのまま三十年後の詩の構成のなかにあらわれているとは言えないだろうが、しかしそのことは言いかえれば、それほどまでに高良にとっての〈敗戦〉体験が根源的であったことを示している。つまりその根源性とは戦争とその時代にたいして全的な否定性としての批評が発動することによってはじめて獲得されるたぐいのものだが、その批評自体の発動する場所が戦争と向きあっていた時代、すなわち根源的な異和を自覚的には組織しえない時代におかれていたという意味で二重に根源的なのである。

高良にとっての〈戦争〉とは、〈乗馬ずぼんに軍刀といういうかれの得意の正装〉における在郷軍人の姿であり、シンガポール攻略を主題とした額入りの戦争画であり、みずからはなぜかよくわからないままに〈疎開〉させられているという現実によって輪郭づけられているものだったにちがいない。そして〈敗戦〉とは、ラジオ放送の不明瞭な音声を転機として突然目前でくりひろげられた、在郷軍人の戦争画破壊であり、それによって鋭く象徴された既成の価値の内部分裂と崩壊という経験であった。さらに言えば、この価値の分裂と崩壊そのものにいぜんとしてみずからは取り残されていることとの痛みのようなものさえあったかもしれない。そういう意味で言えば高良留美子もまた時代からの疎外を受けていた。しかし時代から疎外されるということはその時代にたいする世代的責任を負わないですむという稀有なことがらに属する反面、そこからの自己回復が容易でないという重荷を負うことでもあったろう。無意識のうちにとりこまれていた自己を時代とともに否定しなければならないことを自覚するのはなんといっても苦いことにちがいない。ただ、そうした痛覚を詩（批評）の根源性としてもちうるかどうかが〈戦後〉の解放を自覚的に生みだせるかどうかの岐路なのである。この作品が〈誰のものでもない長い夏休みのはじまり〉を告知して終わっているのは、〈戦後〉がいまだ〈長い夏休み〉として持続していることを言わんとしているのだろうか。その点が不明なぶんだけこの作品に思想的な弱さがあるとも言えるのではないか。
　ここでもうひとつの側面から〈敗戦〉→〈戦後〉の動向をとらえてみよう。

一九四五年夏
きみは　疎開先のN町の
S医院の　母屋の庭で（母屋というものがあった）
S氏や　看護婦さんたちと
ラジオをとり囲んでいた

みんな　黙りこくっていた
空だけが　上のほうにあった
まわりの人の顔が
見られなかった
泣くことも笑うこともない
とはあのことである

突然　S医師が

銀行へ行って　金をおろして
来るようにと
奥さんに命じた
そのときのS氏のことばが
いつまでも
耳の底に
不快なものとして
残っていた
だが　いまは　そうばかりとも思わない
日本の戦後は
S氏のことばのほうへと
いっさんに馳け出したのだ。

（飯島耕一「川と河」5の部分・全行）

飯島耕一の目がとらえた〈敗戦〉の風景もまた、高良の場合と同じような位置から対象化されている。かれらの世代が疎開をしいられ、しかもその疎開先で〈敗戦〉の風景に立ち会う場合、その風景がそれぞれ異様な人間模様のなかに強い印象を与えながら現出するとしても、それらの風景がもつ個有なイメージの輝きはほとんど偶然的な要素にもとづけられているにすぎない。世界にたいする根源的な異和をそれとして自覚的にとりだすことができないままに、したがって眼前に展開する〈敗戦〉の異様な風景を思想的に総括する抽象化のプロセスに至りつけないままに〈敗戦〉の意味を直接的に感じとらされるようにしてかれらは存在したのである。高良留美子においては在郷軍人の正装とかれが大事にしていた戦争画の破壊であり、飯島耕一においては耳の底にこびりついた医師の不快なことばであった。それらは意味を構成する以前の事実、了解不能のままに直接性として現前する風景であったと言ってよい。

しかし飯島の詩と高良の詩が共通点をもつと言えるのはそこまでである。子細にみていけば、同じ疎開体験、〈敗戦〉体験といっても、そこにはやはり大きなちがいがあるのを否定しえない。そのひとつは、疎開先が在郷軍人の家と町の医院とのちがいである点があげられよう。そのことは富裕で知的な環境のもとに疎開しうる者とそうでない者とがいること。したがってここにも階級性の問題がひそんでいることをあきらかに示している。[☆2] 第二に、ここから必然的に導かれることだが、そうした疎開環境のちがいが〈敗戦〉体験のちがいとして現象してくることである。高良の詩において日本軍国主義に挺身する以外の生き方を想定することのできない在郷軍人は、やり場のない怒りをみずからの思想の象徴である戦争画を地面にたたきつけ靴で踏みつけることをつうじて表現するしかなかったのにたいし、飯島の詩において〈敗戦〉をみずからの思想の危機としてよりも自分の財産の危機としてまず理解した医師は、少なくとも奥さんに〈銀行へ行って　金をおろして／来るように〉命ずることだけはできた。むろんそこに思想的優越性があるわけではない。ただ〈みんな黙りこくってい〉ることが戦中思想との連続性の意識を暗黙のうちに語るものであったときに、医師のことばはいわばそれを〈表現〉の水準に引き上げることによってみずからの思想を明示したのだった。そのことばは空しいぶんだけ、戦中思想への思い入れの少なさと来たるべき時代への変わり身の早さとを、つまりこの医師の処世術の巧みさをあらわしている。沈黙にせよ、このようなあからさまな表現にせよ、いずれにしてもことばのレベルで言えば空白であることにかわりはない。〈敗戦〉の空白とはそのようにしてことばの空白として表現されるか、一方におけるように暴力的な情念の噴出として表現されるしかなかったのだ。それはどちらも表現へ向かう態度の知的差異にすぎないように見えるかもしれないが、そのいずれかを〈敗戦〉の風景として全的に受け入れざるをえなかった者それぞれにとってはやはり大きなちがいだったはずである。そこから〈敗戦〉を〈戦後〉へと連続する契機とみなしうるかどうかという問題意識のちがいが生じてくる。これが三番目のちがいである。高良にとっては〈戦争〉は突然解放されてしまったなにものかにすぎず、表現（ことば）への契機を欠いていたために〈戦後〉は対象化されえなかった。飯島においては〈敗戦〉がまず空白（沈黙）として受けとられ、そこへ〈敗戦〉のあとの展開を予想させることばが発せられたために〈戦後〉への道がひらかれた。むろんその当時にあって飯島が〈戦後〉ということの意味を理解しえたわけではないだろう。ただ医師が吐いた不快なことばが良くも悪くも時代を先取りするものであったことを飯島は感じていたのであろう。すくなくともそこにこのことばが〈耳の底に〉残っていたことの理由があるはずだ。すなわちここでも〈敗戦〉の風景のもつ質のちがい

☆2　周知のように高良の母は婦人運動家の高良とみ（一八九六―一九九三）。戦争中は大政翼賛会のリーダーのひとりだった。

が飯島と高良の意識にあたえた影響の深さを差異としてとりだすことができるのである。

しかし以上のことは飯島の体験の優位性でも詩の優位性でもない。せいぜい言って、その〈敗戦〉体験には〈戦後〉のほうへ向けられた視線の所在と、それが〈戦後〉として先取りされるためにはことばによる表現という媒介を経なければならないことのおぼろげな認識とが見出されるにすぎない。それは〈敗戦〉当時にあってはまだほとんど自覚されようのない問題だったからである。ただ、それが思想化へのすぐれた契機だったことだけはまちがいない。

飯島がこの医師の発言を〈不快〉なものと聞いたのは、当時の典型的な軍国少年だった飯島にとってこの医師の態度があまりにも不謹慎で反倫理的に思われたからだろうが、それはより本質的には反時代的な態度だったからではないか。つまりこの時期においては、天皇のことば（ラジオ放送）に黙って首をうなだれて聞くことこそが時代的なことであり倫理的なことであったからではないか。しかもこの態度は自分の思想を口に出すことにおいてのみ反時代的であったのではなく、その語られた内容においても反時代的・反倫理的であった。〈敗戦〉を〈戦後〉へと連続させて考えることのできる者が、来たるべき時代を観念的には先取りしながら、この時代に背を向けてみずからの保身にのみ関心をもつという態度のことを言っているのだ。もしそうならば、この医師は二重の意味で反時代的・反倫理的だったことになるのであって、飯島がこの作品で書いているように、〈日本の戦後は／S氏のことばのほうへと／いっさんに馳け出したのだ〉というのは現状追認のことば以外のものではない。飯島の〈不快〉がだんだん消滅していったのには理由がないわけではなかったのだ。つまり「S氏」の反時代性・反倫理性のもうひとつの側面を見落とすか軽視することによって「S氏」のことばは免罪され、それとともに日本の〈戦後〉も限定されていく。前章にも書いたように、飯島にとっての〈戦後〉がなにものにも媒介されずにいきなり現在へ接ぎ木されようとするのは、その観念の実質がもともと一度も根底から対象化されたことがなかったからである。

4

赤瀬川原平のエッセイ集『少年とオブジェ』のなかに「ラジオ」という一章がある。〈敗戦〉の風景を考えるとき、非常に印象的なイメージとしてわたしには忘れることができないものである。以下、要約してみよう。

〈敗戦〉の日、八月十五日のお昼に《国民は全員仕事も勉強もやめてラジオの前に坐ること、そのときにいままでで一番重大な放送がある》ことを小学生の〈ぼく〉は先生から知らされていた。〈ぼく〉の家は八人家族だが、ちょうどその時間、父や兄や姉たちは会社や軍需工場や学徒動員で外出しており、家でラジオの前にいたのは母と姉ひとりと〈ぼく〉の三人であった。ラジオがガー、ガー、ピーピーと鳴りだし、その雑音のあいまによく聞きとれないが人の声がする。むろんそれが天皇の声なのだが〈ぼく〉には何をしゃべっているのか全然わからない。そのうち母が泣きだした。「お声がお変りになって……」と言いながら泣きだしたのだ。赤瀬川も書いているように、このことばは原理的に意味をもちえない。当時、一般国民には天皇の声を聞く機会はなかったはずで八月十五日にはじめてその声を聞くことができたのであること、またそのときのラジオの雑音のひどさからも、語られた内容を理解することができないはずだ、というのがその理由である。その正否はともかく、母が天皇の〈敗戦〉放送で泣いたという事実にたいして、赤瀬川は次のように書いている。

《おそらく母は天皇に仮託して泣いていたのだろうと思います。ラジオから流れる音は、それが天皇みたいなものでありさえすれば、雑音でも人の声でもよかったのでしょう。そのときの棚の上のラジオというのは、母にとっては鏡台のようなものだったのだと思います。

「お声がお変りになって……」

それはその棚の上の鏡に映った自分たちの変り果てた姿に、思わず涙を流していたのだろうと思うのです。いつの間にかずるずると崩れ落ちていく運命の砂の壁、気がつけばとにかく身を守ることの精一杯の毎日で、鏡台の埃をはらうゆとりさえなく、その日の放送ではじめて鏡を見たのだと思うのです。》

わたしはこの赤瀬川の解釈に必ずしも同意するわけではない。どちらかと言えば日本の〈母〉たちは、家族国家観の幻想に心情的に加担することにおいて戦争翼賛体制の一翼を占めてきたのであり、ここでの〈母〉もまた多分にそうした心情から解放されているとは思えないのである。とはいえ赤瀬川の理解もまた、天皇の声にみずからの悲惨を重ねあわせる母という視角を提出してくれていて、なかなかに新鮮である。だがわたしにとってさらにおもしろいのはもうひとつの風景である。〈ぼく〉は放送の意味もよくわからず、なんとなく庭や玄関のほうに目をやってしまう。すると、夏だからあけっ放しの玄関の外の道を自転車に乗った大人の男がスーッと通り過ぎて行く。〈ぼく〉

は驚く。

《まだ涙の出ないぼくは、そんなことに驚いてしまいました。国民が全員ラジオを聞いているはずなのに。ぼくは思わず声を出した。

「あ、ラジオ聞いてない人がいるよ！」

母はべつに答えませんでした。姉もべつにとりあってはくれません。だけどたしかにラジオを聞いてない人がいたのです。あの人は誰だろうか。ラジオのことを忘れているのだろうか。重大なのに、聞かなくても平気なのだろうか。ぼくの頭はその自転車に乗って通り過ぎた人のシルエットを追いかけながら、ボンヤリとラジオの音を聞いていました。》

わたしがとりわけおもしろいと思うのは、〈敗戦〉をこの自転車の男のようにノンシャランに受けとめる人間がいたことの確認である。そして少年の〈ぼく〉は先生に言われた通りに頑なにラジオに耳を傾けている。だからこそこの国民的約束の違反者の存在を知って思わず声を上げるのだが、母たちは返事もしない。もちろん返事どころではなかったのかもしれないが、そこにもし意識的な無視の感情がはいっていたとしたら、それはいくつかの重要な意味をもっていると考えるべきである。その核心には、戦争翼賛体制といっても戦争末期にあってはかなりタガのはずれたものになっていて、思想的に反戦的傾向をもたない者のなかにさえ、このような当時としては反国家的な態度（放送を聞かないこと！）を平気で示す者がいたこと、しかもその数も決して少なくなかったのではないか、ということが考えられる。[☆3]いわゆる左翼知識人や進歩的思想の持ち主は開戦早々の一斉検挙でほとんど逮捕されているから、敗戦直前のころには厭戦気分なども手伝い、一般民衆の自発性にもとづいてかなり広く翼賛体制の網の目が食い破られていたことを示唆している。少年赤瀬川原平がそうした現実の一端をはしなくも発見してしまったとき、母が無視する態度をとったのだとすれば、それは、このような事実から少年の目を塞ごうとするつもりだったからではないか、と推測される。そこには秩序への翼賛意識もあったろうし、母としての一種の生活の智恵で子供を〈悪〉の道へは逸脱させまいとする配慮が働いていたのかもしれないが、それらはどちらにしても、こうした社会的現実の趨勢をいくぶんかは反映していると言ってよい。

さて、それでは赤瀬川が語るところの〈敗戦〉の風景、とりわけ〈敗戦〉の〈玉音放送〉も聞かずに自転車に乗って走っている男の存在のもつ意味をべつのコンテキストにおき直してみるとどうなるだろうか。言うまでもなく、ここでの自転車の男も〈母〉もいずれも〈民衆〉としての存在である。高良留美子の詩における軍人、飯島耕一の詩における医者もまた広義の民衆にはちがいないけれども、それぞれの本質に還元していくと、どうしても、支配され抑圧されるものとしての〈民衆〉、抑圧されながらも支配の論理に抵抗し、あるいは加担していくものとしての〈民衆〉という概念からは逸脱せざるをえない。一方は本来的に国家の支配装置としての軍隊に属する人間であり、もう一方は特殊な知能と技術を独占することによって特権階級たるべく予定された人間である。そして二つの詩のなかに造型されたこれらの人物像は、おのおのの職業の階級的本質をさらに徹底させたところにたちあらわれている。さらに言えば、これらの人物像は、その職業が〈敗戦〉の時点でになわざるをえなかった方向――〈反近代〉への志向と〈近代〉への志向――のそれぞれの先端においてその心情を端的に表明している点で、〈敗戦〉を〈戦後〉へと媒介する思想的な（あるいは反－思想的な）契機の象徴たりえている。少なくとも、赤瀬川のとらえた自転車の男のイメージとその対極としての〈母〉の存在はともに〈民衆〉レベルにありながら、思想の志向性において〈近代〉か〈反近代〉かのいずれかを優位とすることによって、これらの象徴にいくらかなりとも近い位置にいると想定できる。ここでは〈近代〉と〈反近代〉の分岐点は、〈敗戦〉の〈玉音放送〉を涙を流して聞くか、まったく無視するかという態度の違いにおいて見定められる。たしかにこの基準には、思想の問題が生活感性のレベルで片づけられてしまう危険がないわけではないが、もともと〈民衆〉の思想とはこのような感性的な根底を介在させざるをえない問題であるのだから、いまはとりあえずこの課題の〈戦後詩〉的展開を追ってみるしかない。

5

北川透の『幻野の渇き――詩とコンミューン』の最後に収められた同名のエッセイ「幻野の渇き」は「〈民衆〉論の試みとして」というはなはだ興味深い副題をもっている。全体で四つの節から成るその最初の部分は、夢幻的な雰囲気のなかに親類縁者との確執と土俗的な習俗とをつきまぜて構成された散文詩体をとっている。

☆3　同じような話は植民地朝鮮で敗戦を迎えた、当時の軍国少年金時鐘にも同様のエピソードの記憶がある。拙稿「金時鐘、〈在日〉を超えて世界普遍性へ――言語隠喩論のフィールドワーク」、『走都』第二次8号、二〇二二年四月、参照。

渇いた魚たちの行列がひび割れた河底を歩いている。闇のなかのほのかな明りに映えてしだいに浮き出てきた魚たちの顔を数えるようにのぞきこんでいると、不意に父と母の顔があらわれ、つづいて累代の親族たちの顔に囲まれてしまう。（中略）どうしてみんな魚になっちゃったんだ！　心細げにたずねるおれを平手打ちするように、おまえは見捨てて行った奴だから、もう自分の正体も忘れたんだろう、父は横を向いて冷たく笑っている。そばから母が、おまえも魚じゃないか、とりなすように言うと親族たちも、そうよ、みんな魚よ、裏切り者は地境で鱗を焼かれて捨てられるんだ、あわれむようにうなずきあっている。（中略）さらにかけよるおれを振り切るようにして、父は、魚は水がなくなったら暮していけんからのう、まだ、力が残っとるうちに雨乞いに行かにゃと言いのこして行列のなかに消える。

冒頭の部分だが、すでにこの作品の主題のひとつはここに明確に提示されている。北川自身のことばを借りれば「魚たちの渇きとは、〈民衆〉の意識の底なしの陥没性であり、〈深く暗い穴〉である。そしてこの陥没性は絶対至上の価値に埋められることにおいてその存在様式を完結させている」（「幻野の渇き」4）ということになる。「魚」が〈民衆〉の比喩であり寓意であることはこの文脈なしでも明らかであるが、それでは〈ひび割れた河底〉とは何を指すのか。「魚は水がなくなったら暮していけ」ないというときの〈水〉とは何だろうか。もちろんそれらは〈民衆〉の存在基盤であり、その生存を賦活させる根源と考えなければならないが、それでは、「まだ、力が残っとるうちに雨乞いに行かにゃ」と考える〈父〉の思想とはこの〈民衆〉の存在とどこでどのように重なるものだろうか。

それにしても暗いなあ、黒々とした行列に沿って歩きながら、おれは何を見捨てたんだろうと考えてみるがわからない。いつのまにか畦道の方にわかれて家に向って急いでいる。（中略）不気味に静まりかえった奥の方で、かすかなつぶやき声が聞えてくるようなので、禰《でい》と呼び慣わしているいちばん奥まった部屋まで通ると、ひとりの老婆が仏壇に灯明をあげて祈っている。この村のどんな貧しい家にも、いちばん奥まったところに禰《でい》と呼ぶ部屋がある。その昼でも暗い部屋には、正面の床の間に天井までいっぱいの大きな仏壇が据え付けてあり、脇の壁には神棚が吊られ、また、その横には御真影がかけてある。神棚の無い家はあっても、まだ若々しい両陛下の真影の無い家はない……。（中略）とぎれとぎれの老婆の念仏をさえぎるように、このひとはだれ、とたずねる。老婆は眼やにを拭いながら、真影を仰いで、イケガミさまだという。イケガミさまは魚じゃないの、それに答えないで、老婆はわたしはもう歩けないから祈るだけだという。（中略）もう何も聞えないふうに老婆は恍惚として闇に身をまかせている。イケガミさんも魚だ、魚はみんな涸れて死にゃいいんだ、おれは急にこらえきれなくなって笑い出す。老婆はきっと振り向いて、テンノエイカはカミさんの使いでおりてきなさった代々のイケガミさんだから死にゃせん、わしらは死んでもサンズノカワを渡ればホトケさんの仲間に入れてくださる、ウラギリモンのタマは行くところが無うてさまようとる、身体をふるわして吐き捨てるように言う。

ここでは次の二つのことに注意したい。

ひとつは、〈老婆〉とは歩けなくなったあとの〈父〉の姿であり、いわば共同幻想〈〈イケガミさま〉〉に死後の世界まで領略されつくした共同体社会の意識を象徴した存在である。この世界では〈ウラギリモン〉は、共同幻想が消滅しないかぎり、現世から死後の世界にまでわたって疎外され排除されつづけざるをえない。ここで共同幻想とは、みずからを〈魚〉とみなし、天皇の〈真影〉をかざり、カミの使いである〈イケガミさん〉(=〈テンノエイカ〉)に雨乞いをすることを共同体社会の必然と信じて疑わない者たちによって守られている。それはもはや論理を超越した世界、いや、もっと言えば論理と敵対することによって成立する世界であり、したがってその精神構造は分節化してとり出すことのできるような部分の集合ではない。だから〈おれ〉は〈父〉にも〈老婆〉にも〈ウラギリモン〉のレッテルを貼られるが、それにたいして「おれは何を見捨てたんだ、魚たちか、テンノエイカか、サンズノカワか……それらをおおっている闇の風土か」と自問せざるをえない。しかしこの問いがほんとうの問いになりうるのは、この問いがついに答えられず、しかも共同体の意識のなかでは答えられるはずがないことを自覚することをつうじてである。共同体を〈裏切る〉ものはこの問いを生きつづけることによってしかその生を解放することができないのだ。

さらに、これは同じことの別の側面にすぎないかもしれないが、もうひとつ考えておきたいのは、こうした共同体意識の根底にあるのが〈天皇制〉の秩序意識であり、その起動力としての宗教性であるということだ。〈父〉は雨乞いのために行列に加わり、〈水源の祠〉まで行くと言うのだし、〈老婆〉は家に引き籠ってひたすら〈真影〉に祈りをささげ、「テンノエイカはカミさんの使いでおりてきなさった代々のイケガミさんだから死にゃせん」と「おれ」に向かって言い張る。さらに「おれ」が「テンノエイカがカミさんならどうして雨降らせてくれんの」と詰問すると、「テンノエイカもいまいっしょに苦しんどらさる、モッタイないことに苦しんどらさる、そのうちには雨降る、そのうちにゃたんと降ってくる」とつぶやく。これはどこやら見覚えのある風景と言わなければならないが、いまかりに、この長い旱魃を〈戦争〉と考えてみると、ここに描きだされている〈魚〉のような人たちは、天皇制支配の秩序をあたかも自明の存在与件——ここでは〈河〉や〈水〉——としてしか視えていない戦時下の〈民衆〉の像とほとんど重なってくる。つまり自己救抜の方法をみずからの構想のうちにもとうとせず、与えられた秩序を墨守することによって救済されようとする共同体へのもたれあいを伝統としてきた日本近代の意識構造が、ここで主題化されているのだ。そしてこうした意識の頂点に〈天皇〉が存在することはあらためて言うまでもない。

ところで先に引いた「幻野の渇き・4」の文章は以下のような文脈をその前にもつものであった。

あの干上った闇の河底をとぼとぼどこまでも歩く魚たちの渇きがまわるまぼろしの円をみずからの上に押し上げてゆく。それは渇きが激しく底なしであるが故に逆倒されねばならぬ憧憬である。そして、闇の霞の上にまでまぼろしの円が姿をあらわすとき、おれたちはそこに〈天皇〉をみることになる。闇の球が割れないのは、この押し上げられることによって内部から吸引されているまぼろしの円に包まれているからだ。

このイメージはわかりやすい。〈民衆〉としての〈魚たち〉はみずからの〈渇き〉を追いもとめれば追いもとめるほど、〈天皇〉という〈まぼろしの円〉を上昇させてしまわずにいられない。ほんとうは〈民衆〉の〈渇き〉をとめるためには、この円環構造をこそ破砕して外部からの新しい契機を導かなければならないはずなのに、〈民衆〉はそこからなかなか出ようとしないのだ。この〈闇の球〉こそ日本近代にまで貫通された天皇制的共同体意識の隠喩であり、また、天皇制秩序そのものの隠喩でもあるだろう。それは言いかえれば、〈民衆〉の心的領域の意識化されきらぬ部分の上限に観念的に疎外されたものとして棲みついた存在が〈天皇〉であり、〈天皇〉はまたこの〈民衆〉の観念的疎外に宗教性のコロモをかぶせることによってみずからをそこからさらに疎外していく。こうした疎外の連続的過程が〈まぼろしの円〉をどこまでも上昇させていくわけであるが、その円環のなかにおさまっている〈民衆〉は、こうした観念的上昇が外からどのように見えているかということに気がつかない。しかもこの円の内部から外部へ脱け出た者にたいしては〈ウラギリモン〉というかたちで対応する。むろん外部へ脱出して批判者の立場をとるようになった者も〈民衆〉と呼ばれなければならないのだが、この〈民衆〉像は、日本近代史のうえで完結した姿をまだ一度も曝していない。透谷にしても啄木にしてもしかりである。その意味で北川透の「幻野の渇き」の最後もまた、渇いた砂のなかに埋没していく「おれ」の姿を示していて象徴的である。

さきほど、この詩のなかには、日本近代の意識構造が負のかたちで共同体にかかわっていかざるをえない問題の主題化があると指摘したが、そしてそれはある意味で、新しい〈民衆〉像をになっていかなければならないこの作品の主格が最後に敗北していくところに端的に示されていると言ってよいと思うが、それでは、それほどに強固な〈天皇制〉秩序とはそもそもどういうものだろうか。

6

たとえば、住谷一彦は『日本の意識——思想における人間の研究』のなかで、河上肇や原田敏明の所説を媒介としながら、この問題に重要な示唆を与えてくれる。

それによれば、まず《日本人の神は国家なり。而して天皇は此の神たる国体を代表し給ふ所の者にて、謂はゞ抽象的なる国家神を具体的にしたる者が吾国の天皇》とする河上肇の国家論（〈国家教〉）は、たんなる政治的経済的レベルにおけるナショナリズムであるにとどまらず、〈日本「近代」を規定する精神 der Geist〉として思想レベルにおけるナショナリズムとみなされる。ここで住谷一彦が方法的にとりだそうとしたのはもっぱら後者の側面としての特殊日本近代的エートス、すなわち住谷の用語によれば〈日本の意識〉とも呼ぶべき〈普遍史的問題〉の独自な構造であった。その問題構造が明らかにされれば、日本近代の問題を世界史の流れの重要な一環にくりこませえた根源的な意味も明らかになるはずだ、というのが住谷の方法の基本的構図である。わたしはこの方法に多大の共感をもつ。それは、〈日本の意識〉と呼ばれる問題が、ひとつには、日本人の心性の解明に向けられるのみならず、その心性を成立させる時間的・空間的基盤の構造により多く光をあてていくヴェクトルをもち、この方法の延長には必然的に〈天皇制〉の問題がそびえていることが想定しうるからである。いや、ほんとうはそのような問題の立てかたこそ倒錯しているのかもしれない。〈天皇制〉の問題は日常生活の根底にまで滲透しているというわたしの理解からすれば、この方法自体はいかにも迂遠な通路をもちすぎているようにさえ思えるからであり、最終的に〈天皇制〉の問題にいきついても、それが日本近代の編制力として作用したことをいったいどの地点から撃とうとするのかがまだ十分に問われているとは思えないからである。ただこうした方法の可能性として、日本〈近代〉の負性の動因としての〈天皇制〉の全体像が把握されれば、その解体の方位もまたおのずと明らかになることも考えられるので、いまは性急な注文はさし控えなければなるまい。それに、ひるがえって考えてみれば、これはそもそも〈日本の意識〉というテーマそのものがもたらす問題にとって必要な振幅かもしれないのである。わたしの〈天皇制〉批判の問題意識はまったく別のスロープをたどっているにちがいないが、目標とすべき問題の所在は共通しており、さらには日本人の生活感性を媒介としなければならないという認識においても共通するものがある。わたしの共感の第二の理由はこれである。

いずれにしても、住谷の方法が有効な武器たりえているのは、たとえば、さきの河上肇の国家論に、もうひとつの媒介として原田敏明の「宮座」論をいれることによって、国家―神―天皇という国家レベルの関係を、〈村〉における村―氏神―当屋の関係と対比的にとらえるというすぐれてダイナミックな把握をみせていることによっても保証されよう。ここではあまり細部にわたることはできないけれども、〈天皇制〉の問題を身近な現実的関係のレベルに引き寄せることで、〈民衆〉の生活と身体的地平をつうじてこの問題へ接近する通路をつけてくれたことの功績は多とせざるをえない。

北川透の「幻野の渇き」にみられる〈民衆〉とは、まさに〈村〉における〈氏子〉の存在と等質のものであり、この〈村〉を見捨てる者は、村—氏神—当屋というタテの関係から疎外されざるをえず、したがって国家レベルにおける国家—神—天皇という〈天皇制〉秩序からも疎外されることになる。そして藤田省三が『天皇制国家の支配原理』で明らかにしたように、近代日本の秩序原理が、〈権力国家〉と〈共同態国家〉という相異なるヴェクトルをもつ二つの原理を媒介する〈天皇制〉によって統括されていったとするならば、ここで〈村〉を見捨てた者は、《おれは何を見捨てたんだ、魚たちか、テンノエイカか、サンズノカワか……それらをおおっている闇の風土か》といかに自問してみても無駄である。上向する〈権力国家〉と下向する〈共同態国家〉のはざまにあって、この者はどちらからも背を向けられて生きるしかない。何を見捨てたのでもないが、すべてから一様に遠ざかったという意味ではすべてを見捨てすべてから見捨てられたのにはちがいない。ただそれはどちらの国家形成原理にも内包されている〈天皇制〉の秩序とあいいれないだけだ。そしてこの秩序を代弁する者たちこそ〈父〉であり〈母〉であり〈親族〉たち、つまりは〈天皇制〉のもうひとつの原理として構成された〈家族国家〉観の担い手としての〈家族〉であった。こう見てくると、〈村〉からも〈国家〉からも〈家族〉からも疎外されて生きざるをえないところにしか、日本近代の負性を転換するひとすじの可能性の脈絡は存在しえなかった。そしてこの可能性を少しでも現実のほうへ拡大させることができたのが〈敗戦〉であり〈戦後〉であった。その意味で、一九七五年（昭和五十年）に書かれた次の藤田省三の文章は示唆的であり、問題の核心を射抜く力を秘めている。

《「昭和」が「五十年」にもなったのは「戦後」の処理の仕方の結果であり、それに過ぎないものである。戦後の処理は解剖されるべき葛藤を内に含んだ一つの事件であるが、「昭和五十年」の方はそれ自体の中には何の活力も含まない惰性としての現実に過ぎない。それは三十年前に無くなっていても少しも不思議ではない精神史的「不在」なのである。その精神史的不在を歴史的惰性として続かせる元となった戦後の処理とは何であったのか。（中略）その答は天皇制を廃止できなかったことと、もう一つは現天皇を退位させることができなかったこととの二つに尽きる。「不在」の存在理由はいずれの場合にも「できなかった」という否定形の事実の中にこそあった。》（「『昭和』とは何か」、『精神史的考察』所収）

こうした藤田の文脈に即して言っても、〈敗戦〉の意味はもはや明らかである。戦後日本の現実が戦前・戦中との密通構造をもつ真の原因は、日本の〈近代〉を〈敗戦〉まで運んできた〈天皇制〉秩序を根底から解体し止揚するという思想の営為がみられなかったことにおかれなければならない。言いかえれば、〈敗戦〉とは〈天皇制〉解体の破産において二重に敗北的なのである。

このような問題はたしかに思想史の課題にはちがいない。しかし、詩の問題が〈表現〉に固有の問題のみにとらえられているかぎりでは、詩の領域において〈戦後〉も、したがってわれわれの現実の生活過程も本質的に〈表現〉の問題に組みこまれえない。わたしが次に展開したいのは、以上のような把握にもとづいて〈戦後詩〉の問題構造に新しい機軸を設定してみようとすることである。

第四章 〈戦後〉の成熟とその身体化

1

〈戦後詩〉の決算書はいつ書かれるのだろうか。わたしの関心のすべては当面この一点に集中している。一九五六年に経済企画庁が発表した「昭和三一年度年次経済報告」(経済白書)はすでに次のような結論を出している。

《戦後日本経済の回復の速かさには誠に万人の意表外にでるものがあつた。それは日本国民の勤勉な努力によつて培われ、世界情勢の好都合な発展によつて育くまれた。/しかし敗戦によつて落ち込んだ谷が深かつたという事実そのものが、その谷からはい上るスピードを速からしめたという事情も忘れることはできない。経済の浮揚力には事欠かなかつた。経済政策としては、ただ浮き揚る過程で国際収支の悪化やインフレの壁に突き当るのを避けることに努めれば良かつた。(中略)もはや「戦後」ではない。われわれはいまや異つた事態に当面しようとしている。回復を通じての成長は終つた。》(「第一部 総説」の「結語」)

これは〈戦後〉という概念を〈敗戦〉に連続する時期すなわち占領下の経済復興期における戦後日本のイメージでとらえ、その戦後経済体制の終結としてとらえるかぎりにおいてのみ言いうることにすぎない。そして言うまでもなく、この〈戦後〉の早期終結は、日本独占資本がアメリカ帝国主義の画策した朝鮮戦争に加担することによって見返りとして与えられた特需景気を主たる導因としてなしとげられたのであるが、ここで問おうとしているのはそうした世相のレベルにおける事実の確認ではない。その意味でならば、この白書が出されて以来すでに四半世紀を超えている今日、〈戦後〉の終結はいよいよ自明のものとみえてくる感は免れがたいのだ。少なくとも〈戦後〉を問うという問題の立てかた自体がひどくアウト・オブ・デイトな印象を与えてしまうことのうちには、あるがままの〈戦後〉をまるごと肯定しようとする秩序の論理が現在の日本社会をすみずみまで支配していることが示されている。こうした趨勢のうちでは、過去にこだわって生きていくことなどまっぴらだという心情に老いも若きもとらえられていくのは必至である。これこそ戦後四〇年にもならんとする日本的共同体の現状であり、そこに貫かれている不可視の秩序原理はおそらく戦前・戦中からそれほど大きな変化を蒙っていないのである。すでに書いているように、この秩序原理こそ特殊日本的共同体構成としての天皇制国家の原理であるのは言うまでもない。

この秩序原理にとって経験の対象化という方法ほど厄介な異物は存在しない。そういう意識そのものが、いくつかの媒介を経れば、必ずやこの原理の否定にゆきつくことは明らかだからだ。言いかえれば、この原理は、みずからを対象化しないことにおいて存立しうるのであり、そういう方法の有効性をたえず無化しようとするところで延命をはかるしかない。そして第二次大戦こそは、この原理がみずからの負性を正面に押し立てたところで敗北を喫した唯一の経験にほかならないのであるから、この経験を問い直すという設問自体がじつは致命的な事態とならざるをえないのである。この問いの本質は、近代天皇制を根幹に富国強兵、脱亜入欧につとめてきた明治期以来の日本近代の総構造を問うというかたちで展開せざるをえない側面をもっている。わたしが対象としようとしている〈戦後詩〉についても、問題構造そのものはまったく同一なのであり、ただ、その対象を限定することによって少しでも緻密な作品理解と問題構造の解明とをもとめようとしているにすぎない。

その意味で、磯田光一の近著『戦後史の空間』は、対象を戦後の小説にあらわれた新しい主題の展開にもとめており、きわめて刺戟の多い批評であると言える。その第一章「敗戦のイメージ」では民衆の〈敗戦〉体験を内在的にたどる視点が提出されているが、わたしが前章で考えたかった主題もこの視点を抜きにしてはありえないものだった。こうした視点の近接は別にしても、磯田の方法は、戦後の時空間構造を、小説にあらわれた人物たちの意識構造をその変化の相とともに関数化してみせることをつうじて総括的にとらえるというもので興味深い。この方法の有効性は随処にあらわれていると言わなければならない。

とりわけおもしろいと思えるのは、たとえば円地文子の『食卓のない家』について述べた以下のような個所にみられる認識である。連合赤軍事件に加わった青年とその父親を登場人物としてもつこの小説は、父親が《子の精神的な自立を全面的に認めるがゆえに、子の過激行為によって世間から一家が敵視されるときにも、いっさいの妥協をしりぞける》という父の論理を一方にもち、子のほうもそれを《成年に達した男女の行動に家族が責任を持たない》のは当然のことであるとして了解するとともに、父親にある種の尊敬の念さえ抱く。この部分について磯田は次のように書く。《肉体化した「戦後」とは、こういう思想をいうのである。だがここでもう一つ強調しておきたいのは、父親の思想が子の行為への同情をいっさい拒否しているということである。世の父親たちが子の過激行為について世間に詫び、しかもひとたび子が獄中に入ると、たちまち古風な温情家に変身してしまうのにたいして、信之（父親の名）は子にたいするいっさいの同情を拒否しつづける。（中略）法治国家に住んでいるかぎり、成年に達した「個人」の違法行為は、法の裁きを受けるのが当然であるという認識がこの父親にはある。それは自立した個人が、自主責任に耐えてゆくという思想である。もし「個人」の確立というものがありうるとしたら、この思想の軸を除外してはたして成り立つ可能性があるであろうか。》（「〝家〟の変容」）

ここでの磯田の解釈は明快である。いや、いささか明快すぎると言うべきかもしれない。子の乙彦が、みずからを一人前の人間として認めてくれるがゆえに変な同情もしないという父親の態度を立派だと考えるその考えかたをさして、〈肉体化した「戦後」〉と呼ぶのは確かによく納得できる。〈個人の〉自立――家族や〈家〉からの、総じて公的・共同体的なものからの自立――が可能となる土壌が戦後はじめて築かれたのは紛れもない事実であり、それが実体をともなうものとして成立してくるならば、それはなるほど〈肉体化した「戦後」〉と呼ばれるに値しよう。

だがしかし、ここで円地文子が創出し、磯田光一によって《「戦後思想」と「父性」との関連を問いつめたほとんど唯一の小説》ともちあげられているこの小説のテーマは、磯田の〈戦後〉構想のなかにあってはほとんど悲願と言ってもよいほどの期待をこめられたテーマと化しているようにみえる。『食卓のない家』の父親も息子もそれぞれの立場において〈戦後〉を肉体化することを強いられている。そこに見出されるものは自立した〈個人〉として〈戦後〉を体現してみせなければならなかった磯田や磯田と同世代の知識人たちの像がダブってうつしだされているとしか思われてならないのだ。とくに父親・信之のような生きかたにこそ、磯田はみずからに引き寄せて過剰な価値づけを与えてしまわなければならなかった。こういう〈強い父親〉像は一九三一年生まれの磯田にあってはおそらく執拗にまとわりついてくるイメージだったのであろう。この小説の二人の人物にたいする磯田の共感が父親の信之のほうに一方的に傾いているのはあきらかにみてとれる。それというのも、磯田自身が小説で設定された父親・信之と同じ年代にあたるということが理由のひとつにあげられるが、それ以上に、左翼思想との関係のとりかたにおいて、この父親に自分を擬することができると思われたからではないか。そこに自分の姿を重ねあわせることによって〈「戦後思想」と「父性」との関連〉が問われる根拠が見出されたのである。

こういうふうに見てくると、磯田光一が『戦後史の空間』を書こうとした意味はかなりはっきりするだろう。だが磯田の方法をもってしても、〈戦後〉の課題は問いきられることができなかった。それを端的に示せば、円地の前述の作品のなかで、連合赤軍に加わった息子・乙彦については父親を理想化する以外のいかなる内在的視点の問題も問われることがないからである。わたしからみれば、円地や磯田が〈「戦後思想」と「父性」との関連〉のなかで〈個人〉の自立の思想を問う以上に、連合赤軍に加わって崩壊してしまった乙彦の思想のその後をたどることのほうがはるかに重要な問題なのである。少なくとも磯田にあっては、法治国家の法に抵触するかぎり〈個人〉は責任をとらなければならないということが牢固として前提とされており、〈法〉の正当性そのものが問われなければならないということなど一顧だにされていないようにみえる。いわば〈法〉が絶対化されたなかでの、〈個人〉の自立であり、責任であり、したがって思想的確立なのだという図式である。だがこれはすでにして自己矛盾ではないのか。〈法〉とはいつでも支配的思想の総括形態にすぎないからであって、そのなかでは〈個人〉の自立や確立などはせいぜい相対的なものにとどまるからである。磯田光一の世代にとってこの父親・信之の像は新しい〈父親〉像なのだろうが、戦後生まれの世代にとっては過渡的な存在でしかない。そしてこの性格は、戦中・戦後期における個我の没却と、息子・乙彦らによってになわれるべき〈戦後〉の止揚との中間領域に漂流せざるをえないという規定性によって特徴づけられている。その意味ではこの父親の思想こそ、たしかに〈戦後〉を肉体化したものと言えるのであって、こういう思想のありかたが小説のなかでにせよ仮構されうるところまで〈戦後〉が成熟していることは見落としてならないのである。

磯田光一の『戦後史の空間』は〈戦後〉の成熟の極点を見事な図式で浮き上がらせることに成功していることは疑いない。だが、わたしが不満に思うのは、その思想の論理的展開としての〈戦後〉の止揚という観点が、磯田の思想の文脈のうちに用意されていないことである。だからこそ〈個人〉の法的責任という拘束を、所詮は戦後支配体制の根幹ともいうべき〈法〉の支配のなかでの相対的な〈自立〉と引きかえに受容してしまうような態度を一面的に評価することになってしまうのだ。これは思想としては明らかに後退である。この地点からさらに一歩を踏みだすこと、その一歩によってこれまでの〈戦後〉の成熟への歩みを構造的に転換してみせること、このことが本当に問われるべきである。わたしが磯田の〈戦後〉了解と本質的に別れざるをえないのはこうした意識のヴェクトル性においてなのである。

このように考えてくると、〈戦後〉以後とはどのような時代なのか、なんらかのヴィジョンを示さなくてはならないが、その意味ではたしかに絶望的な状況ではある。わたしたちの行く手にはどこまでも否定しつづけなければならない厚い障壁が幾重にも立ち塞がっている。簡単に愉快なヴィジョンが描けるわけもないのである。

川本三郎によれば、現代とは《オリジナルよりコピーのほうがもっともらしさを持ってしまった》時代である(「戦後以降の空間」、『海燕』一九八三年六月号)。たしかに川本の言うように、最近の子どもたちは、テレビはじめ情報機器の氾濫によって、現実をじかに見て学ぶ以前にこれら情報機器による知識やデータの収集が先行し、《シミュラークル(複製)が現実を乗り超えてしま》っている状況に生きている。テレビで見るフォークランド紛争が子供たちにとってビデオ・ゲームのように見えてしまうという現実は厳然として存在するのだ。こうした現実世界の非現実化・抽象化という出来事はいまに始まったことではなく、テレビというメディアが先験的にもっている特性なのであって、そういう意味ではわたしたち大人もすでに長いことテレビに毒されつづけてきたわけだし、ある意味ではその恩恵に与ってきたわけである。情報化社会は、本来等価のものではありえないさまざまな現実を、情報として分節化することを通じて、また、その情報をテレビ画面のなかに並列的に継起させることを通じて、現実の再編成をおこなうのである。しかもその情報を受け取るほうは一方的に受動的であらざるをえず、情報の作り手はみずからの意思にそって現実を再編成しうる。ここに秩序支配の原理が貫徹されれば、情報はこの原理のもとに一元的に管理されることになる。いわゆる情報管理社会とはこの様態の社会をさす。

こうしたいわば常識に類することをわたしがあえて書くのも、現代の日本社会の状況把握のうえでわたしの理解が川本のそれとはっきり違うことを確認しておきたいからである。川本のように、子どもたちの遊びのなかに《新しい情報化時代を生きる知恵のようなものを感じてむしろ感服してしまう》というふうな理解をわたしはもとうとは思わない。もちろん、現代の子どもたちにはそれなりのしたたかさがあり、それにたいしては川本ならずとも感服せざるをえないことはある。だがそのように認識するだけでは足りないのだ。川本の認識構造のなかには、情報管理社会の一元的支配の構造のなかに生まれたときから閉じこめられている現代の子どもたちの精神が、どのように現実との生きた対応から疎外されているか、という状況にたいする危惧が稀薄なのではないか。そしてそれはわたしたち自身をも襲っている状況の見えやすい象徴でもあるのだが、こうした時代や状況にたいする抵抗感が川本にはほとんどないと言ってよい。川本の〈「戦後史」のあとにつづく「戦後以降」を生きざるを得ない者〉という自己規定はあまりにも通俗的であり、その言いかたのなかには、〈戦後〉の構造的転換が主体的になされないかぎりいつまでも〈戦後〉はつづくのだという認識はまったく見出されようがない。歴史は単純な一本道ではないのである。

2

このあたりで〈戦後詩〉固有の問題に立ち戻って考察をつづけていくことにしたい。詩における〈戦後〉の肉体化という意味では、現在書きつづけられているいわゆる〈現代詩〉は多かれ少なかれ〈戦後詩〉たりうる内実をもっている。つまり、ありうべき〈戦後〉の獲得→〈戦後〉の止揚という問題構造にどこで対峙していようと、〈戦後〉などとっくの昔に終結したものと思っていようと、書き手の意識を規定してしまう〈戦後〉の時空間のなかにすべての詩人がとらえられているかぎりでは、この〈戦後〉の内実は詩のなかで問われつづけざるをえない。その結果は〈ことば〉の果てしなき探索であるかもしれず、〈風俗〉へののめりこみであるかもしれないが、そういう詩人のモチーフや主題を貫いて〈戦後〉が肉体化されていくことは避けられない。これはいわば書き手の意図を超えた問題である。

わたしは第二章で飯島耕一の詩がたどってきた軌跡を簡単に跡づけてみた。それはどちらかと言えば、飯島の詩に象徴される〈戦後詩〉の正系がどのような表現意識の脈絡をもっているかということを知るためであった。もちろん飯島の詩表現が〈戦後詩〉総体のなかで占めている位置については多くの評価軸がありうるし、そこからみれば〈戦後詩〉の正系が飯島ひとりによって代表されるわけがないのは当然である。ただわたしには、飯島のようなインテレクチュアルな方法と意識をもつ詩人が、一方では西欧的知との邂逅について嬉々として語りながら、もう一方ではみずからのナショナルな出自をめぐって表現の根底にぶつからざるをえないという、表現者としての必然の径路に主な関心があった。そして飯島がその隘路へ導かれるための道をつけたのが先の大戦であり、そこでの個有の経験であった。すでに書いたように、飯島たちの世代にとって〈戦争〉は特殊な性質を帯びた原体験性をもっており、しかもその体験の差異によって千差万別の構造性をもっている。その意味でも飯島の表現の根底からこのモチーフをとりのぞくことはできない。しかし飯島の詩表現を成り立たせているのは必ずしもこのモチーフだけではないから、もうひとつ別のコンテキストとの関係でこのモチーフが展開する構造を射程に入れてみなければならなくなる。それが大きく言えば〈日本〉をどうとらえるかという問題へ行きつく方向性をになっていたことだけは疑う余地がない。

その問題構造の一角を占めるのが〈母国語〉をどう把えるかという問題であった。『ゴヤのファースト・ネームは』の冒頭におかれた一篇「母国語」はそのような意味において逸することができないだろう。

外国に半年いたあいだ
詩を書きたいと
一度も思わなかった
わたしはわたしを忘れて
歩きまわっていた。

なぜ詩を書かないのかとたずねられて
わたしはいつも答えることができなかった。

日本に帰って来ると
しばらくして
詩を書かずにいられなくなった
わたしには今
ようやく詩を書かずに歩けた
半年間のことがわかる。
わたしは母国語のなかに
また帰ってきたのだ。

母国語ということばのなかには
母と国と言語がある
母と国と言語から
切れていたと自分に言いきかせた半年間
わたしは傷つくことなく
現実のなかを歩いていた。

わたしには　詩を書く必要は
ほとんどなかった。

（最初の三連）

このような位置から〈宮古〉へむかうためにはまだまだ多くの媒介が必要であったが、こうした母語意識の確認は、日本のなかにその象徴性において〈日本〉をにないきることのできる時空を見出さなければならないという衝迫を生みだしたにちがいない。それが宮古島とその周辺に見さだめられる経緯についてはさまざまな書物や詩人の手引きがあったし、それを別にしてもなお〈南島〉についての漠たる幻想や夢想が飯島をこの空間に招き寄せたのだと考えることができる。

ただ、わたしが飯島の『宮古』に魅かれながら本質的なところで別れざるをえなかったのは、そこに自己の生の〈闇〉の根源を照らしだす問題構造が浮上しかかってきたところで、飯島が逃避の姿勢をみせてしまったからにほかならない。なお言えば、そこを突破しようとする志向をもたぬところに飯島の詩の方法が孕んでいた最大の弱さが露呈しており、そこにこそ〈戦後詩〉の正系としての真骨頂があったのである。つまり〈戦後詩〉の正系とは〈戦後〉の止揚という問題や特殊日本的共同体構成の本質把握に近接しないという無意識の抑圧が利いている領域で現代の社会が顕在化させている問題を内在的にたどるという技法を極度におしつめてみせたもの、と言ってよい。もちろん、ここでわたしが述べているのは〈戦後詩〉の正系を否定的契機としてのみ取り出そうとするのではない。現に、飯島耕一が〈宮古〉を媒介に生みだした世界は、そうした技法をつらぬいた先端で不可避的に探りあてられた〈戦後詩〉の現在的課題——すなわち〈戦後〉の解体と止揚であり、詩におけるその表現構造の獲得——という課題を重く引きずる世界であった。少なくとも飯島は詩集『宮古』においてそこまで自己の殻を破ろうとしたのであり、問題の所在を看てとったにちがいないのである。だから問題はふたたび次の一点に絞られる。なぜ飯島は〈宮古というこちらを誘ってやまないテーマ〉を〈魅力があるからそれに溺れず早々と手放す〉（『宮古』あとがき）つもりになったのか。

私見によれば、〈戦後詩〉がなしとげてきた表現の世界を現在の詩の課題として持続し、あるいは止揚するためには、新たな価値の転換が画定されていかなければならない。すでにそのひとつは『宮古』によって示唆されたように、沖縄および〈南島〉の問題としてあらわれている。今日における沖縄および〈南島〉の詩人たちの表現の高さと緊迫はけっしてゆえなしとはしえないのだ。そのことは特殊日本的共同体構成とそれを受けて展開される〈日本〉ないし〈日本人〉をめぐる意識構造が、今日の沖縄・〈南島〉の詩人たちによって根底から問い直されていることにまっすぐつながっているはずである。柳田国男の『海上の道』以後の研究が今日あきらかにしているように、沖縄・〈南島〉の生活様式は、とりわけその宗教的側面を中核として、天皇制共同体の成立とその近代的展開を見直していくうえでの貴重な参照体系をなしている。この意味から言っても、これまで地理的辺境としてのみならず歴史的辺境として無視されてきた沖縄・〈南島〉の詩人たちが、みずからの存在の根拠をさぐり直す契機として、内なる〈沖縄〉、内なる〈南島〉を問題としているのは、考えてみればきわめて当然のことである。それが〈戦後詩〉の止揚をめざす表現の運動に与える異和性の突出は非常に大きい問題を含むはずである。

さらにここで予見的に言ってしまえば、こうした視角の異和性、問題の異質性において、これまでほとんどかえりみられることのなかった表現（対象）がとりこまれなければならなくなるのは必然的であろう。わたしはそれを部落差別や朝鮮人差別の問題のなかにも同質の課題として考えていきたいと思う。むろんここでは詩の表現として対象化しうる時間性・空間性の問題に限定されていることは言うまでもない。そしてこれらの問題は外在的に与えられるものではなく、〈戦後詩〉の時間・空間のパラダイムを大きく変換しうる機軸として与えられるにちがいないのである。

3

現在、わたしたちが日本人であり日本語によって詩表現をおこなっていることを、どれだけの書き手が表現意識のなかで自覚的に対象化しえているであろうか。ことばを書くという営為がそれ自体の価値をひとまず追求しなければならないところでは、こうした主題が明確な表象をもってあらわれることは少ない。現代の都市文明がその土地の固有性（＝〈風土〉）の喪失を加速させ、そこでのわたしたちの生活がかぎりなく抽象化され記号化されていかざるをえないという状況においては、ことばもまたさまざまな要因によって意味を負荷されすぎるか、または意味を奪われて破片化してしまわざるをえない。少なくともことばを構成することの意味をそれ自体のうちにくりこまないでは、書くこともまた成立しえないところに現在の状況はあると言わなければならないのだ。ことばはなぜ書かれなければならないか。この古くて新しい問題はいつでも表現者ひとりひとりがみずからの課題として解決を迫られている問題ではあるが、とりわけ今日の都市生活者がさらされている状況のなかでは、もうひとつの違う問題と二重化されて現前することになる。すなわち、ことばの構成のなかにみずからの存在構造を貫通している欠損をあぶりだし、ひるがえっては今日のことばが蒙っている欠損を問いかえすという往復過程が踏まれることができるか。ことばを書く営為それ自体が価値でありうるならば、こうした表現の現在的課題と自覚的にとりくむことを前提としてはじめてそれは言いうるのである。

　さて、わたしたちは〈日本〉と〈日本語〉のまっただなかにいて、とくにそれらを〈母国〉とか〈母語〉というふうにはとくに意識しない。それらを意識するのは、自分と異なる存在が視野に入ってきたときである。それはおそらく同じ〈日本人〉でありながらも、みずからのおかれた環境やら居住地域やらによって、総じて身体的地平の個別性という条件にもとづく視角の差によって相対的なものであるにはちがいない。ある人からみれば、かく言うわたしなどのほうが特殊な存在なのかもしれないのである。いずれにせよ〈都市〉と〈地方〉という分類は可能であるし、その場合、〈地方〉におけることばや風土のもつ特別な意味作用——端的に言ってみれば〈方言〉とか〈故郷〉の象徴性は、機能的には〈日本〉（＝〈母国〉）と〈日本語〉（＝〈母語〉）を代替している。〈方言〉や〈風土〉がこういった代替機能を果たしているのにひきかえ、都市生活者はみずからのうちにポジティヴな母語意識や母国意識をもつことができない。あくまでも自分の視野に入ってくる〈他者〉を媒介としたネガティヴな意識としてのみ、これらの意識が形成されるにすぎないのである。

こう考えてくると、さきに飯島耕一が詩集『宮古』において示した対応は、都市生活者の意識にうつった〈母国〉のネガティヴな像であることがわかってくる。いわば一過性として見過ごしていく風景のひとつとして〈宮古〉はあったのだ。すでに書いたように、飯島は、〈南島〉が、とくにその宗教遺制において、古代日本から近代にまで至る天皇制国家の存立構造を現在的に指し示す参照体系を成しているということにほとんど関心を示さなかった。ここで、〈南島〉の詩人たちが逆に〈南島〉を対象化しつつ〈日本〉をとらえ直そうとする試みとは根底的に行きはぐれることになる。

それでは〈南島〉の詩人たちはどのように考えているか。次に引くのは沖縄の詩人、清田政信の作品である。

……私のような病者は世界の外側にいるという思いに身を置いているので上等の地酒が舌に広がるような安堵を覚える。私らに歴史はない。蓄積よりは消尽することに執してきた。構えなくともこの島に在るというだけで苦悩は心部に集積していったんだから　思索をさける方法をみつけるのが青春のモチーフだったと言っておく。だから歴史という言葉のもつ理性に私は眩惑されることはなかった。ただ苦悩を明視するひとつの言葉　冷却という二字をつかんだとき苦悩の不透明は消滅へむかって炎える契機をつかんだと思えばいい。苦悩を通過した者には必ず独特の微笑がある。あれは心部の暗さに根をおろした言葉が　もう理性の力を借りずに開花する一瞬だと思えばいい。私らに歴史はない。ただ現在という息づまる密度があるばかりだ。

……

（「瞳へむかう言葉」部分）

清田の詩を読むとき、わたしたちが感ずる小さからざる異和は、たとえばここで〈苦悩〉とか〈心部の暗さ〉とか名づけられる情念の傾きに集中的にあらわれている。むろんこれは清田に個有の心情ではなく、総じて沖縄・〈南島〉の詩人たちに共通してみられる特徴であるから、それはほとんど構造的な異和と言うべきである。さらに限定して言うなら、この異和の構造は地理的（空間的）・歴史的（時間的）に形成されているもので、それが異和であるのは相対的であると同時に相互的である。わたしたちはこの異和を観念的に解消するべきではないし、異和を異和としてどこまでも貫いていくべきであると考える。ただわたしたち〈ヤマトンチュー〉の立場はかれら〈ウチナンチュー〉にたいしてつねに侵略的であったという事実を忘れるべきではない。そういう認識を欠いたところではかれらがわたしたちに感ずる〈有無を言わせぬ憎しみ〉（清田政信）にたいする理解をもつことはできないだろう。

大和が美しいのではない
美しい大和に身をよせて
消滅を飾ろうとした
臓腑のうすい奴を

このまぬのだ……

（「旅—九州から」部分）

　この〈大和〉はほとんど〈日本〉と置きかえて理解してよい。あるいは九州、とりわけ〈薩摩〉への憎悪の歴史性からみると、この〈大和〉という語にこめられた意味には複雑な重層性があるように思える。〈大和に身をよせて／消滅を飾ろうとした／臓腑のうすい奴〉とは、こうした憎悪の臓器感覚を放棄して、つまりはみずからの根拠を喪失しながら〈南島〉を離れていった人たちを指しているのだが、こういう人たちを受けいれる〈大和〉もまたなおのこと許せないのだ。〈大和が美しいのではない〉という一行にすぐつづいて〈美しい大和……〉と書く清田の切迫した感情の動きは、語法の矛盾そのままにアンビヴァレントな〈大和〉への対応を示している。

　さきに引いた「瞳へむかう言葉」という作品にもどろう。清田が主体的に選びとろうとしている位置は、空間的には沖縄という〈世界の外側〉であり、時間的には〈歴史〉のない、〈現在という息づまる密度〉のなかである。みずからを〈病者〉とみなし、〈島に在るというだけで〉〈苦悩〉を引き受けざるをえない位置とは、ほんとうは苛酷な歴史性に規定されている。こうした歴史を背負うことの〈苦悩〉にたいして清田がとる方法は〈冷却〉、すなわち〈消滅へむかって炎える契機〉である。沖縄に生まれ、そこに棲みつくことを選んだ清田にしてみれば、こうした透徹した意志を方法化することによって、歴史をたえず現在へ引き寄せ集積してみせることが重要な課題となるのだ。いわば〈現在という息づまる密度〉を方法的に生き抜くことによって〈沖縄〉を問い、そこでの自己の実存を問うこと。それは日本の近代以降の歴史への仮借なき批判へと一直線につながるはずである。わたしたちは逆に清田の批判にさらされることで、自己異和の契機をまたひとつ獲得することができるのだと考えるべきである。

清田政信が沖縄にとどまりつづけることをもってみずからの思想化の契機としたのにたいし、〈南島〉を離れながらも内なる〈南島〉を方法化して表現の契機を見出そうとする詩人に作井満がいる。作井の詩集『島酔記』（一九八一年）のなかで、その方法論をもっとも鮮明に打ちだしたものとして「諸島論」をあげることができる。

島が限りなく美しくありつづけるときには
島人は貧しさから逃がれることはできない。
貧しさに耐えきれず島を離れた者はいつでも
限りなく美しい故郷を心の安住地として虚構化した。
島を離れてきたわたしがそのことに気づいたのは
島を離れてきた時間の長さと距離とによってであった。
島はいまもなお美しく記憶のなかでふるえ

島はいまもなお貧しい日常にゆれているだろうか。
わたしのなかの島への距離をたぐり寄せれば
故郷とはいつもわたしを受け入れぬ異郷であった。
島はいま限りなく遠くわたしを拒みつづけ
島はいま永久にわたしの血のなかを流れていく。

（二連略）

島が美しい故郷でなくなったときにはじめて
わたしは島の美しさを了解することができるだろう。
わたしが島から受け入れられたときに島は変貌し
わたしはそれ以来島を思い見ることはないだろう。

作井がみずからの内なる〈島〉を発見したのは比較的最近のことである。巻末の「『島酔記』覚え書き」によれば、作井が〈島〉をモチーフとする詩を意識化しだしたのは、かれの出身地である徳之島を離れて十四、五年も経てからであるという。おそらく逃げるようにして〈南島〉を出てきた者にしてみれば、思い出すのもいやな日々が長いあいだつづいていたのだろう。そのあたりの感情の動きについてわたしなどには推測することすらおぼつかないが、ただ一般論のレベルで言えば、表現者がみずからの表現の根拠をもとめて自己形成の時代や環境といった与件に至りつくことは自然である。作井の場合、たまたまそれが〈島〉であり、〈島〉という地形上の性質や、とくに〈南島〉という歴史的・文化的に特異な意味をもつ場所であったために、表現者としてはある意味で幸運な表現上の根拠となったにすぎない。もとよりこの〈幸運〉も見かけだけのものかもしれないが、ともかく作井が同時代のだれよりも見えやすい根拠をもっていることだけは疑えまい。作井はそれを〈島痛み〉という言いかたで定式化した。

島痛み。祈りのカタチでくぐもっていく痛み。空に吊り下げられた祈りびとの心象風景。島から遠く遠く離れていくことに比例してわたしの内部にうずく痛み。祈りびとの心象風景に貼りつけられた痛み。島への尽きることのない想いとはげしく島から拒絶されたわたしの個人史の歩み。罪びとのように永遠に拒みつづけられる、わたしの島痛み。

（「断章44――島の内部構造に関する私註」1全文）

このような〈痛み〉にたいして〈幸運〉という形容はあたらないかもしれないし、不遜でさえあるかもしれない。だが作井は〈島痛み〉を感受すると同時に〈島酔い〉を感じてもいるのだ。おそらくこの〈痛み〉と〈酔い〉の両方から牽引されたところに〈空の島〉は浮かんでいるに相違ない。〈かなしみの魚を釣るように島を釣りあげる。／すると、空は／いちめん島の形状をあらわしてくる。〉この〈島〉へのアンビヴァレンツこそ作井満がみずからの表現の根拠として抽出した感情であり、これはさきにみた清田政信の〈大和〉への感情のちょうど裏がえしと言っていい。清田は〈島〉から〈大和〉を眺望しているし、作井は〈大和〉から〈島〉を凝視しているのだ。この構図のなかに、清田が『島酔記』について書いた一文を置いてみるのもおもしろい。

《作井満は今の筆力を駆って南島の神話を成立させようとしているかもしれない。その向うには大きな困難がある。島の古層と自分の距離が見えなくなるということだ。私は「諸島論」のような作品で過剰を鎮める仕事をもっとやってほしいと思う。そうでないと島に在る者の存在の核心にはいたれないと思う。》（「島を周圏する過剰な意識」）

たしかに清田の言うように、作井の詩が〈南島〉の人たちの〈存在の核心〉を射抜くにはまだまだ多くの媒介が必要だろう。さらにその力がわたしたち〈南島〉以外の者にも衝迫となって伝わってくるためには、みずからの〈南島〉離島者としての存在を対象化しうる方法をもうひとつ導く必要があるようにも思える。その意味で「諸島論」のテーゼを深化し肉質化していく方向がさらにさぐられなければなるまいし、〈島〉へのアンピヴァレンツをさらに拡大する方向で表現の問題が問われなければならないだろう。

4

数年前に詩の表現の問題を争点とした「エッタ事件」というのがあった。正確に言うと、『現代詩手帖』一九七七年十月号に発表された古賀忠昭の詩「エッタ」にたいして、部落解放同盟のほうからこれは〈差別作品〉ではないかという抗議が出され、古賀とその作品を掲載した『現代詩手帖』編集部とが糾弾されるといった一連の動きを中心に、詩の表現の問題——差別と反差別、芸術性と思想性、等々——が問われた事件である。この作品の評価をめぐって、かなりの数の文章が書かれた。だがしかし、それらのなかで問題の核心をついた批評はきわめて少ないというのがわたしのいつわらざる実感であった。わたしの知見の及ぶ範囲では北川透の発言だけが、古賀忠昭の詩作品のもつ表現構造の根底を内在的に把握しようとした、ほとんど唯一の批評であったと思う。そして古賀の表現営為が志向するもの、表現意識の本質的規定は、そのかぎりにおいて、北川の批評のパースペクティヴのなかに論じつくされていたと言ってよい。だが、それにもかかわらず、この事件がいぜんとして論じられうる対象であることをやめないのは、古賀の表現意識の問題をこえたところに、もっと別な問題が立てられると思えるからである。それが〈差別〉の問題を根底に孕ませた表現の問題であり、より本質的には〈反差別〉のモチーフを方法的にくりこんだ表現論の問題であることは言うまでもない。

ここでまず問題の詩「エッタ」についてみていかなければならない。

母ちゃん、なめるな！絶対なめたらでけんぞ！叫び出しそうな声をグッとのみ込んで、おれは汗くさいフトンをかぶる。そのフトンを通して、なめろ！また、男の酔った声がしてくる。おれのチンポばなめろ！

作品の冒頭部分である。ここだけでもわかるように、場面にあらわれている人物は三人である。すなわち語り手としての位相にいる少年の「おれ」、その母親、そしてその新しい夫である男。この三者の中心にいるのが男にたいしては妻であり、少年にたいしては母であるという関係において、両者からともに引き裂かれた存在であらざるをえない「母」である。さらにこの関係構造のなかに〈差別〉の関係が介入してくる。この関係は「母」が少年にむかってくりかえし言う次のようなことばのなかに端的に言いつくされている。〈今度の父ちゃんは部落もんじゃなかとよ。そんヒトがうちのごたる部落もんばもろうてくれたとよ。それとに、文句まで言いよったらバチのあたる〉〈部落もんと部落もんじゃなかもんとでは雲と泥のごとニンゲンの違うとよ、そんこつば忘れんごつせんとでけんよ〉。

ここで「母」と少年の関係は二重にも三重にも屈折している。〈差別〉体験をみずからの精神と身体にたたみこんできている「母」はありとあらゆる〈差別〉にたいして無抵抗であり、〈差別〉の現実を肯定するわけでないにせよ、それにたいする批判的言辞はそれこそ〈バチがあたる〉という屈従の態度を出るものではない。それはいわば歴史的に形成されてきた〈部落差別〉に徹底的に貫かれた負の存在としてである。ここから差別者の男にたいしては言われるがままにその股倉に吸いつき、息子にたいしては自分と同じような屈従を強いるという「母」の立場があらわれてくる。それにたいし少年のほうは、現実に「母」が強いられている性的差別行為を目の前にして男に強い憎しみをいだく。少年の頭のなかをいつも「母」が教えている屈従の論理、同級生につね日ごろ言われている〈差別〉的なことばが次々とよぎっていく。〈ケダモン、ケダモン、オマイガ血ニハ犬トレン牛トレンノ血ノ流レトルトゾ。〉〈オマイハケダモンヤッケン、オマイト遊ンダラデケンチ誰レデン言ウトルゾ。〉〈オマイハオマイノ母チャントアレバシヨルトヤロ。父チャント母チャンガサス、アレバシヨルトヤロ。親子同志デアレバシヨル、ケダモン、ケダモン。〉こういったことば（セリフ）をちりばめながら場面は最終的な局面へむかっていく。すなわち男が病気の「母」にたいして〈差別〉のもっとも激越な表現をとるにいたったとき、少年の勘忍袋の緒が切れるのだ。

……このエッタが、病気のふりして何のつもりか！さあ、なめろ！チャックばおろして、さあ、なめろ！おまいになめさするために、チンポのカスばようけためとった！おい、エッタ！早うなめろ！カス、チンポのカス。とたんにおれは包丁とさけんだ。フトンをはねのけた。（中略）母ちゃん、それだけはするな！カスだけはなめるな！包丁！包丁！ふすまをあけた。大きくひらいた男の股に赤児のようにすいついている母。……

こうしたクライマックス・シーンの最後は〈そして。おれは。血の。ふすまをあけた。〉という、いささか任俠映画風の大立ち回りを暗示して終わっている。

このへたな要約で作品の全貌が明らかにできるとは思わないが、少なくとも「エッタ」が〈部落差別〉を核心的な主題とし、それを〈性差別〉の場面設定のなかで重層化していくことによってその表出の水準を定めようとした作品であるということだけはうたがいない。ほんとうはここで〈部落差別〉の問題のみが過大に批評の対象とされすぎて〈性差別〉の問題が没却されていることに、日本近代あるいは〈近代〉一般のもつ思想的アキレス腱のひとつが見逃されているのだということを確認しておかなければいけないと思う。そうでなければ、酒を飲んで暴れるだけの無能な夫が、自分がたんに〈部落もん〉じゃないという理由だけでこれだけ悪どい差別意識を育てることの意味が解けないだろう。すなわち妻は夫に奉仕するのが当然であり、夫に逆らうことは〈ムラ〉への反逆とひとしいことであり、ひいては〈国家〉への反逆と通底するというおそるべき判断基準がいまだに生きており、そういう思想のヴェクトル作用が働いているところでは、〈性差別〉それ自体が生活の負性を全的に体現している、ということがありうるのである。そして〈性差別〉が顕在化しているところでは、それが別の差別意識を引き寄せ、それと複合することでさらに生活の負性を抜き差しならぬほどに浮き上がらせることが生じうる。そうであれば、詩「エッタ」の主題構造は、たんに〈部落差別〉を性的な場面をつうじて主題化しようとしたのではなく、〈性差別〉が〈部落差別〉と相互媒介されることによって表出の根底が見出されるというかたちのなかに生成されてきたにちがいない。もとよりここでどちらの〈差別〉がより根底的かを問うことはあまり意味がない。わたしとしては「エッタ」を構成する差別のモチーフが〈部落差別〉と〈性差別〉を渾然一体とした意識のありようにこそ向けられていたのだと言えば足りるのだ。

こうした観点からみれば、部落解放同盟の土方鉄の「エッタ」批判やそれを受けた古賀忠昭の自己批判などは問題の本質からの逸脱以外のなにものでもない。さらに『新日本文学』誌上でたたかわされた一連の論争にはほとんど見るべきものがなかったと言わなければならない。問題を整理するうえで、次にこの間の主要な動きをスケッチしておこう。

『現代詩手帖』に「エッタ」が掲載された翌月、一九七七年十一月号の『新日本文学』で岡庭昇は「風景を忘れた詩人たち——現代詩の状況にかんするメモ」という評論を書いており、この最後のところで「わたし(岡庭)が可能性をみいだしている若い詩人」として古賀をとりあげて次のように書いている。

《古賀にあっては、現実を風景としてはみれず、ましてや風景を忘れてしまうなど、ありえない生をふまえているため、現状でいう「詩」からは屹立してしまうのである。かれはモチーフとして差別をあつかっているのではない。詩を仮装する「場」として、意味ありげに差別的現実の衝迫力をかりているのでもない。身体性の奥底から、事実がとらえなおされている。それは風景をひきこまずにはおかない、露出した生の原点である。》

これにたいして部落解放同盟の土方鉄が、同じく『新日本文学』の一九七八年五月号で「古賀忠昭の詩にふれての走り書き的問題提起」という文章を書いて古賀・岡庭批判を展開した。この批判の要旨、とくに「エッタ」を中心とする古賀の詩作品にたいする批判は、のちに『現代詩手帖』一九七八年十一月号に部落解放同盟中央文化対策部の名で発表された文書「古賀忠昭の詩『エッタ』

の確認会の経過とその差別性について」でほぼ正確にくりかえされている。この文書については後述する。

ところで先に引用したように「エッタ」を高く評価したはずの岡庭昇は、土方の糾弾にあってもろくも自己の立場を放棄してしまう。『新日本文学』一九七八年六月号に掲載された岡庭の「表現と差別――詩をめぐる断片的な覚書として」は、苦境に立たされた岡庭の苦しい自己弁護というしかない代物である。すでに北川透によってその姑息な言い逃れや古賀の詩への根本的な無理解が指摘されているからここではくりかえさない。

さらにこれらを受けて同誌八月号で菅原克己と直原弘道が意見を述べている。そのなかで直原の「差別とたたかう表現――岡庭昇の論への感想」から引いてみる。

《古賀は、むしろ、まったく意図的に、意志的に、差別語そのものがひきずっている歴史的社会的認識を、詩の構造上の主柱として導入している。そのことが、そしてそのことから生じた作品としての効果の質が問題なのだと、わたしは思う。》（傍点―野沢）

わたしが傍点を付した部分にみられるように、直原には文学の本質が少しもわかっていない。ただ、「エッタ」という作品を政治的な水準で読んでいくかぎり、差別語の意図的な使用（濫用）がこの作品の構成原理（モチーフ）であることは見やすい事実だし、そのかぎりで間違いというわけではない。だがそれをいきなり〈作品としての効果の質〉と言っただけでは、なんとも単純すぎるのである。そこでは素材の積極性が作品の優位性をきめるという、あの文学的教条主義の亡霊の裏がえしにすぎないものが無意識のうちに「エッタ」の文学的価値評価の問題に介入している。わたしとしては、「エッタ」の真の問題性は文学固有の方法によってしか対象化されえないし、したがって政治性の有効な測定もまたなされえないと思う。

それと関連するが、次に前述の部落解放同盟中央文対の文書と、『現代詩手帖』の同じ号に併載されている古賀忠昭の自己批判文「差別の中の詩と現実」とを読みすすめることによって、「エッタ」のかかえている問題構造にさらに接近していくことにしよう。

部落解放同盟中央文化対策部の名による正式の「エッタ」批判、「古賀忠昭の詩『エッタ』の確認会の経過とその差別性について」は、古賀の詩がもっている社会的機能（差別性）の側面に批判を集中することで成立している。それは要約すれば以下のような文脈において語られている。

《作品の内容は、きわめて露悪的で、きたならしい劇画的と言えるものである。》

《この作品の差別性については、……一読、きわめて、きたならしく、不快感を抱かしめ、部落民なら怒りをおぼえずにはおれないものである。》

《まず第一に、古賀の被差別部落観が、根本的に誤っているのである。確認会のなかで、彼は告白したが、被差別部落の、生活も、現実も、人間すらをも知っていないのである。現実に、差別に苦しみ、あるいは闘っている人びととの、触れあいなしに、「エッタ」の乱発や、さきにあげた、犬と牛の血がながれているとか、近親相姦とかで、「衝迫力」や、「衝撃力」をもたせるためにのみ、被差別部落が、作品に登場しているところに、この作品の、発想の根本のところで、重大な誤りをおかしていることが、指摘できるのである。》

《第二に、古賀は、作品を書くことによって、自らが、なんら血をながしていはしないといってよ

いだろう。自らがなんら傷つかず血も流さずに、この種の詩が書きうるのであろうか。》

そして結論としては、《つまりは、この詩は、差別作品であるということになる。このような批判の成立する余地があることをわたしはけっして疑うものではない。古賀の表現をうみだしているものを内在的に論理化すれば、おそらく多かれ少なかれこうした展開となるだろうことは了解できる。だがわたしがほんとうに納得しがたいのは、文中にもあるように、この批判が〈芸術批評〉として提出されなければならないとしているにもかかわらず、それが表現者の表現との関係を、主体の問題としてではなく、表現された対象（素材）の意味の側からしかとらえようとしていないからである。

《いうまでもなく、作品に差別語が用いられているか否かで、判断してはならない。差別語を用いていても、作品全体が反差別につらぬかれており、かつ、その差別語が用いられる必然性がある場合は、もちろん糾弾の対象にはならない。……／要は、作者の主観や善意をこえて、社会に差別感を拡大する作品であるか、否かである。そういう意味で、芸術作品の評価は、作品の全体の中で評価しなければならず、部分をとりあげるのは正しい態度とはいえない。》（前掲文）

問題はこういう原則が〈芸術作品の評価〉にむかうとき、〈作品の全体〉をどうやってとらえることができるのかというところにある。あるいは同じことだが、〈差別語が用いられる必然性〉ということはいかにして把握されるのか。結局それは〈社会に差別感を拡大する作品であるか、否か〉というところに収斂してしまうのではないだろうか。もしそうならば、社会から差別感をなくす方向で書かれた作品なら評価されてよいということになってしまうではないか。現実に差別が存在しているとき、政治とも日常ともいちおう切れたところで書かれざるをえない表現が、この現実をどのように反映するかは表現の論理の問題であり、その表現された世界像を書き手がどのようにみずからの身体的地平で引き受けていくかというところに表現の倫理の問題があらわれてこざるをえないのだ。部落解放同盟中央文対あるいは土方鉄の批判がこうした表現論を欠落させたところでいくら〈芸術批評〉を提出してみても問題の本質はいっこう明らかにならないのである。「エッタ」にたいする前述の批判のなかで、第一の批判（古賀の被差別部落観の認識不足）と第二の批判（書くことによってみずから傷つくことがないこと）とはじつは同じことを表と裏から言ってみたにすぎないのであって、ほんとうは古賀の表現がみずからの表現のモチーフを欠かしているにもかかわらず、「エッタ」が書かれてしまったことこそが問題とされなければならなかったのである。

古賀は部落解放同盟の糾弾にこたえて「差別の中の詩と現実」という文章を『現代詩手帖』一九七八年十一月号に発表している。さきの部落解放同盟中央文対の記述によれば、「エッタ」をめぐる解放同盟との二回の確認会、自己批判書の提出をめぐるいきさつをへて書かれたものである。この文章はいきなり次のように書きはじめられている。

《結論から言ってしまえば、私の詩「エッタ」はその差別性において（ある意味では）犯罪的であったとさえ言ってもいいと思っている。それ程「エッタ」は私の差別に対する現実的思想的しかも初歩的認識不足の上にたった作品であったということである。》（傍点―野沢）

このような自己批判がどのような過程の果てに書かれるにいたったのかは知るよしもないが、いかにも強いられて書いたものであることは、わたしが傍点を付した表現にこめられたニュアンスがよく伝えている。だが、それにしては、最後のところで古賀の書いていることはなんとも承認しがたい。それは書かれてあることがらによってではなく、そうしたことばを書きつけることの意味がわからないからである。

《ともあれ、書きつらねて来たような意味で差別的作品を書いた私は当然被差別側のヒトたちから糾弾をうけることはあたりまえのことである。あたりまえどころか私の義務であろう。しかし、私はどんなことでも自分なりに納得できないものにはうなづかないつもりだ。差別的であるとどんなに批判されても、それが私を納得させえないものであるなら、どうして首をたてにふりえよう。それはガンコさからくるのではない。差別的であると言われてもそれは私の思想である。その思想を正そうと批判されるのである。言うなれば戦いである。勝った敗けたをこえて生きるか死ぬかの戦いである。》

こういうもの言いをさしていたちの最後っ屁というのである。納得がいかないならこんな文章など書く必要はまったくないではないか。つまらぬ見栄をきっても所詮自己批判は自己批判だ。

ところで古賀がこのような強気の発言をすることができたのは、この文章のなかで、みずからの表現論として〈差別〉の問題を彼なりに展開してみせているからである。次にこの点について見ていこう。

さきほど引いた冒頭の文章につづいて、古賀は次のように書きはじめる。

《今頃私は始終、重い気持ちにとらわれている。それは他でもない、私という存在そのものが思想とか何とかそういうものをぬきにして、いわゆる「差別者」なのではないか、という思いにとらわれているからである。言いかえれば、私は被差別部落に生まれなかったという理由だけにおいても「差別者である」という認識をもたなければならないのではないか、（中略）特に体験らしい体験もなく、それ故観念から反差別の側に身を投じようとする者はその認識の有無は重大になってくると言わなければならない。つまり、観念から反差別の側に身を投じようとする者がその認識を欠落させたならば、それらが観念である故に観念の弱点としての意識の上昇を急激に起こし、反差別とその観念の中では思い込んでいてもその意識の上昇故に、ついに差別の本質とのあいだに考えている以上の距離が生じ、差別というものを真の意味でみることができなくなり（つまり、見おろすということになり）それ故に自分では反差別と思い込んでいながらついに（差別とは直接言えないまでも）差別につながる行為を行ってしまうこともありうると考えられるわけだ。もし、そうだとすれば（いや、そう考えるべきなのだ！）被差別部落に生まれなかった者は常に二重に被差別部落に生まれた者を差別する可能性をもっているということになる。つまり「私という存在そのものとしての差別」と「思想としての差別」である。》

長々と引用せざるをえない羽目になったが、ここに大きく言って二つの点で古賀の錯誤はきわまっていると思われるからである。その第一点は〈差別〉を二つのカテゴリーに分けるという機械的発想であり、その第二点は観念から反差別の側に身を投ずるという方法のもつ根拠の薄弱さである。この二つの錯誤は古賀にあっては無媒介的に連続しあるいは背中あわせになっているが、問題の本質はまったく別の次元のものである。つまり、一方は〈差別〉的現実の認識の問題であり、他方は表現の方法の問題である。これが古賀において連続してみえるところに、その認識のいい加減さ、言いかえれば図式的思考の欠陥がよくあらわれている。

あらかじめ断っておきたいが、わたしはなにも古賀のいうことがすべて間違っていると考えているわけではない。ただ、みずからの表現の結果である「エッタ」を擁護するにしては、いかにも幼稚な〈存在としての差別者〉などという論理で〈差別〉を一般化してみたところで、問題の本質はいっこうに明らかにしえないことぐらい想到するべきであったと言いたいのだ。それは問題を棚上げするための詭弁であるとさえ思えてしまうのである。人は与えられた環境と出自のなかで、好むと好まざるとにかかわらず、他者にたいして異和の契機をうちに孕まざるをえない。だがそれはあくまでも〈異和〉であって〈差別〉ではない。〈差別〉の関係とは対立と排除の論理を内包するものであって、あえて言えば方法の問題である。一方が被差別部落に生まれ、他方がそうでない人間同士の場合、そこに〈差別〉の関係が生ずるというのは、対立と排除の論理が現実的にも意識的にも介入してくるからであって、それは先験的なものでも自明なものでもありえない。そういう意味では〈差別〉とは〈思想としての差別〉以外のなにものでもないのである。要するに〈存在としての差別者〉などどこにも存在せず、そういう存在を措定すること自体、古賀の内部で〈差別〉という問題が論理的につきつめられていないことを露呈しているにすぎない。

そう考えていくと、〈観念から反差別の側に身を投じようとする〉という方法そのものが、自己の存在の規定性からいかに遊離したところで〈差別〉―〈反差別〉という先験性に依拠して仮構されたかがみてとれよう。古賀が書いているように、《特に体験らしい体験もなく》観念から反差別の側に投じようとする者が、観念ゆえの自律運動（《観念の弱点としての意識の上昇》!?）のなかで〈反差別〉のつもりが〈差別〉につながってしまうこともあるというのは、じつは本末転倒もはなはだしいと言うべきである。ここには〈観念〉ということばの観念性は見られるものの、それがまったくの抽象性においてしか語られることがない。そもそも〈観念から反差別の側に身を投ずる〉というときの〈観念〉とは具体的にどういう観念なのか。こういう言いかた自体どうにもならないいかがわしさに充ちているが、ここでは〈体験〉に対立する概念として〈観念〉ということばが使われているのは明らかである。そこから体験もなしにもっぱら観念として〈反差別〉の立場をとることが自明の価値でありうるという倒錯がうまれてくる。先験的な価値として〈反差別〉という観念のみが体験の裏づけもないままに独りあるきしはじめる。こういう立場が政治の世界でならまだ意味もあるかもしれないが、自己存在の対象化を不可避的にみずからの課題とせざるをえない詩の世界にあっては、そういう方法自体が表現の根拠をあらかじめ喪失したものたらざるをえないのは明らかであろう。

北川透は「エッタ」にふれて次のように書いている。

《この作品が《反差別の立場》で書かれたにもかかわらず、結果として差別作品となったから駄目なのではない。そういう自己史が蓄積している問題や経験の思想化という契機を欠かして、反差別主義という理念によって、作品を書こうとするところに、どうしようもない通俗性や反差別の戯画が生まれてしまうのだ。》（「古賀忠昭作品『エッタ』をめぐる問題」『あんかるわ』54号、のちに『詩的メディアの感受性』に収録）

つまりは、北川の言葉をかりれば、《自己史が蓄積している問題や経験の思想化という契機》こそが表現の根拠とならざるをえないにもかかわらず、古賀にあっては、先験的に価値として理念化された〈反差別〉のモチーフのもとに〈部落差別〉の問題が引き寄せられたにすぎないのである。そこから〈部落差別〉の問題が古賀の内在的な必然に少しも関与することなく、それでいながら古賀の主観においては〈反差別〉のイメージの強化に連続しているようにみえるという倒錯が生じうることになったのだ。

さきの文章のなかで北川は、部落解放同盟が古賀の前詩集『土の天皇』(一九七五年)を評価しながら「エッタ」は差別作品として評価できないという立場をとっていることを方法的におかしいと断じ、次のように書いている。

《『土の天皇』も、それ以後の作品も、「エッタ」も基本的には同じ方法で書かれている。いくらか違っているのは、最近になればなるほどその方法が過激化されていることである。その方法は、テーマに即して言えば極端な素材主義であり、表現主体からみれば非人称の語り部の位相である。》

部落解放同盟の提出する〈芸術批評〉が無効なのは、古賀の方法が『土の天皇』以来ほぼ一貫した〈反差別〉理念のモチーフのもとに次から次へと素材を新しくもとめて展開されてきたにすぎないことを正しく見ていないことによっている。古賀の方法にかかれば、差別の対象である地域下層民、狂女、朝鮮人、老婆などが地域社会(〈ムラ〉共同体)のなかでいかに疎外されているかをその極限状態で語れば十分なのであって、その対象にむかう自己の立場や態度、つまり〈差別〉構造のなかでの自己の位置は少しも明確である必要がない。というより、そもそも自己の位置などみきわめる必要もないという地点で古賀の詩は書きだされている。あとは徹底して戯画的な場面を次々に構成していければよいので、そこに〈差別〉的だと考えられた現実的イメージやことばを注入していけば、作品の枠組みが主観的に想定された〈反差別〉というモチーフでおのずから保証されているのだから、〈差別〉は〈反差別〉に逆転・転化していくというわけである。

たしかに、〈差別〉の現実を認識しそれを知らしめることは、現実政治の次元では〈反差別〉につながる行為にはちがいない。だが詩が主題として〈差別〉―〈反差別〉のモチーフをもつということは先験的な理念としてではなく、みずからの表現の根底そのものの対象化が結果として〈差別〉の問題を抜きさしならぬ深度で表出してしまうというかたちをとる以外に考えることはできない。その意味でも古賀の方法を評価することはできないのである。その方法が〈部落差別〉を素材に求めたというのは、偶然のなりゆきにすぎないのであって、『土の天皇』の延長線上に「エッタ」が位置するものであることは明らかである。

つぎに『土の天皇』から一例をあげよう。

あっ、母ちゃん！写真、ススケタ一枚ノ天皇ノ写真。母ちゃん、またそげんかもんばもちだして来てヒトにみられたらどげんするね。うちはなんも悪かこつはしよらん、ただ。じゃっけん、それがでけんち言いよるとたい、そげんしょっとばヒトに見られたなら大事になるち言いよるとたい。何ち言われたっちゃ悪かこつばしよるとじゃなかとやから。写真、ススケタ一枚ノ天皇ノ写真。うちはたゞ戦死した父ちゃんのかわりに。じゃっけん、そりがでけんち。おまいにはわからん。……

「腰巻と写真」と題する作品の冒頭部分である。しいて探さなくとも文体上の類似、ことば（セリフ）と心理描写の積み重ねかた、母と子の葛藤などにおいて「エッタ」を思い起こさせるに十分である。ここに出てくる「母」は戦死した夫のかわりに天皇の写真を大事にとっており、〈オリハ天皇陛下ノタメトレン何トレン絶対死ンダリセンゾ、オリガ死ヌトハオマイガタメダケゾ〉という夫の声を幻聴のように聞いている。そして息子の声にも耳をかさず、この写真のまえで狂ったように性欲を昂ぶらせようとする。

父ちゃん、おぼえとるね。こりが毎晩父ちゃんがチンポばにぎってやった手ぞ、こりが口、おたがいに吸いおうた口ぞ。ハダカ、ハダカ、腰巻、赤イ腰巻。母ちゃん！こりは乳、あんたが子供のごつなって吸うた乳ぞ、こりは足、こりは腹、こりは腰。母ちゃん、それは父ちゃんの写真じゃなか、それは天皇陛下の。動ク腰、動ク腰。父ちゃん、今夜も早ううちばだいてくれんね。うちばみぞがってくれんね。

母親の狂態にたいして息子は〈母ちゃん、天皇陛下の写真にだけはそげんこつ言うとはやめてくれ〉と対応するしかない、ごく凡庸な思想の持ち主である。北川透のいう〈非人称の語り部の相〉とはこの息子のような、古賀の表出意識であるはずの〈反差別〉のいささかも介在することのない位相のことを言うのである。書き写していても恥ずかしくなるような現実との無葛藤ぶりこそ、ここでの古賀の表現の本質である。天皇の名によって戦争に狩り出され無駄な死を死んだ夫は妻の性的妄想のなかで天皇と重ねられるにすぎない。そこに天皇制支配秩序のもとで骨の髄まで隷従せざるをえない下層庶民の姿は映しだされていても、それはやりきれないほど駄目な〈日本近代〉の民衆像を、ポルノグラフィックとも言えるような興味の次元でなぞりかえしたもの以上に出ないのである。この作品が最終的に父の代理としての息子が「母」と交わるという、きわめて低俗な結末にしか行き着くことができないのもやむをえないのだ。

『土の天皇』に収録された一連の作品をみれば、地域下層民の現在の生態を、戦時中のほとんど信仰と化した天皇制的秩序への同化とその結果としての精神的身体的自損の、戦後における消すことのできない持続または再生としてとらえるという一貫した方法がとられていることが確認される。こうした方法そのものは戦後詩の展開のなかで特異な突出点であるし、そのモチーフにそって展開されてきた古賀の詩法が前述したような大きな欠陥をもっているにもかかわらず、この突出点を生活現実のなかで十分に咀嚼された経験の対象化の方向へ深化させていくならば、もっと違った表現の領域を生みだせるのではないかと思う。[☆1] むろんそれはひとり古賀に個有の問題ではない。すべて表現が表現としてほんとうに成立する場所は、それぞれの個有性を掘り下げていったところにしか見出されないからだ。

☆1　古賀忠昭はこの事件のあと、しばらく筆を断っていたようであるが、晩年に『血のたらちね』（第一七回丸山豊現代詩賞受賞）を刊行して復活した。

5

最後にもうひとつだけ触れておかなければならない問題がある。それは古賀忠昭の詩とも無関係ではないが、〈差別〉の問題が問われるとき、そこには不可避的に日本近代の構造の問題があらわれるということである。そしてそれは〈日本〉（〈母国〉）および〈日本語〉（〈母語〉）をなんらかのかたちでモチーフの核として組みこんでいるように思われる。すなわち古賀においては話語としての〈方言〉が〈反差別〉のモチーフの展開を支えるうえで必須の手法としてあらわれていたにちがいないし、それはまた古賀の在住する久留米市周辺の風土性を象徴してもいるのにちがいない。〈差別〉とは本質的に〈国家〉的な社会構成原理に属し、個別具体的には〈ムラ〉共同体における生活とそれをとりまくさまざまな次元での政治状況のなかに端的に、あるいは陰微な関係のうちにあらわれる。日本近代国家の構成原理が、外にむかっては欧米列強に肩を並べるための富国強兵をはじめとする諸施策の資本主義的企図の強行であり、内にむかっては天皇制を中核とする〈家族国家観〉の押しつけにあったことは今日はっきりしている。後者の原理によって日本人は一部をのぞいて〈天皇の赤子〉であるとするタテの系列が完成する。そこではこの系列の末端にいる者でさえも、みずからをこの原理に貫徹されることができさえすればおのれの生の十全な発現を見出すことができるという疑似宗教的エネルギーが内包されている。だからこそこの系列の末端につらなる者が、この〈家族国家観〉から意図的に排除されている被差別部落民、朝鮮人などにたいし、あたかも〈国家〉の代理人であるかのような〈差別〉をなしうるのである。

ところで〈部落差別〉が近代以前の社会構成上のヒエラルキーを踏襲しているのにくらべ、〈朝鮮人差別〉は日本近代が膨張・発展していく過程で植民地化された被支配民族であるとともに近代資本制が必要とした安価な労働力の供給源であったという意味で近代的な問題である。〈朝鮮人差別〉が今日において〈部落差別〉より陰湿度が少なく、それだけ禁忌の度合が少ないと思えるのはこのような歴史的な時間の累積の差であるとともに、そもそも他民族であり、政治的な理由で日本にとどまっているとはいえ帰るべき〈母国〉をもっているということの意味に負っている。それを言いかえれば、被差別部落民のなかから〈部落差別〉を主題とするすぐれた作品があまり出ていないのにくらべて、在日朝鮮人のなかからは自己の被差別的現実を対象とする作品が数多く生まれていることによっても確認しうるはずである。言うまでもないが、〈差別〉の根源が深いということはそれだけ〈表現〉へと媒介されなければならない〈現実〉の厚みがあるということでもあるので、ここで問うべきであるのは、そういう根底を欠いたところでの両者の作品史の単純な比較ではない。むしろそうした視角からそれぞれの社会的歴史的構造の共通性と異質性を相互に明らかにしうるべく〈部落差別〉と〈朝鮮人差別〉の問題が相関的にとらえられなければならないし、とりわけ詩表現のうえにあらわれてきたこのモチーフの展開過程を追ってみる必要があると考えるのである。

次にそうした在日朝鮮人のすぐれた仕事のひとつとして金時鐘の『猪飼野詩集』（一九七八年）から引いてみよう。

統一までも国家まかせで
祖国はそっくり
眺める位置に祭ってある。
だから郷愁は
甘美な祖国への愛であり
在日を生きる
一人占めの原初さなのだ。
日本人に向けてしか
朝鮮でない
そんな朝鮮が
朝鮮を生きる！
だから俺に朝鮮はない。

（「日々の深みで（1）」部分）

たしかにこの苦しみは在日朝鮮人に固有のものであろう。在日すること自体が存在の分裂そのものであるというこの逃れることのできない矛盾のなかで金時鐘は生きている。ここで朝鮮とは自分であって自分でなく、遠くにありながら身中の虫であり、生きることの根源でありながら絶望の原点なのだ。鏡の国にいるように自己像は無数の鏡像と化し細片化してしまっている。これが今日の在日朝鮮人のもっとも正確なイメージにちがいない。このイメージの力がわたしたち〈日本人〉を強くうつものがあるとすれば、〈日本人に向けてしか／朝鮮でない〉というその関係構造のなかに日本近代が相対化されるとともに、そこにつらなるわたしたちの存在も意識も改変を余儀なくさせられるからである。☆2

在日朝鮮人の問題、それは被差別部落の問題とともに今日のわたしたちの課題であり、現在の詩が負いつづけなければならない思想の問題である。

☆2　この詩をふくむ金時鐘については前述「金時鐘、〈在日〉を超えて世界普遍性へ——言語隠喩論のフィールドワーク」でくわしく論じた。

第五章 〈戦後詩〉の現在

1

このところ〈戦後〉概念の再検討という問題が以前にもまして問われているようだ。このことはもちろん詩にかぎったわけではなく、およそ思想にかかわる領域ではひとしなみに問題とされているると言っても過言ではない。〈戦後〉が思想課題として問われるためには、〈戦後〉の次にくる時代のヴィジョンがある程度おもい描かれていなければならないのだが、現実にはそこまで対象化しえている論はほとんどないと言っておかなければならない。

わたしがこの長篇評論を構想したのは一九八〇年代に入ってしばらくしてからであるが、遅々として進まぬうちに時代状況はめまぐるしく変転し、詩論のうえにもこうした状況を反映する論理が次々とあらわれてきている。いま、それらのすべてを概観するつもりはないが、そのうちのいくつかに触れることによってみずからの戦後詩論構想にひとまずの決着をつけてみたいと思う。言うまでもなく、これはとりあえずの結論にすぎないだろうし、次なる展開を見とどけるための仮説と言うべきものとなるはずである。

《いま、詩のことばは、できるだけ表面に、あるいは表層にとどまり、軽く浮遊したり、波とたわむれるように、小さな屈折を繰り返したり、風俗を呼吸したりしていなければならない。いきなり中心をめざしたり、体験の深部に下降したり、表出の根拠を探索したり、思想を編もうとしたり……、それらの志向のうちで、たちまちリアリティはそこなわれる。そんな強迫観念に、詩人たちは支配されているように見える。もとより、すぐれた試みは、そのような強迫観念を、逆に脅迫するような在り方において、めざましさを見せているが、このいわば表層のリアリティをぬぐいさることはむずかしい。》（北川透「表層のリアリティ――戦後の潰滅」、『現代詩前線』所収）

北川透の『現代詩前線』は一九八〇年から一九八三年にかけて『読売新聞』に詩時評として書かれた文章を中心にして編まれたものであるが、ここに引いた「表層のリアリティ」はその最終回、つまり一九八三年十二月に発表されている。だからこの文章は、一九八三年の年末総括であるとともに、北川が四年間担当した詩時評への総括ともなっている。もとより時評など担当しなくとも、現在時の詩の動向に関心をもちつづけようとしさえすればおのずからこのような認識に立ち至らざるをえない可能性は北川透ならずともありうるわけだが、ここで問題としたいのは、あれやこれやの風俗詩人たちが表層をかけまわったあげくの捨て台詞として吐く言辞ならばともかく、これまで一貫して詩の表現と思想の根底的な検討に垂鉛をおろしつづけてきた北川透がこうした認識に至りつかなければならない状況がいまここにせりあがっていることなのである。まして、引用した文章のしめくくりとして、北川が次のように書きつけているのをみるとき、事態はより深刻かつラディカルな位相をあらわにしてくると言えるのだ。すなわち――《この表層のリアリティにおおわれることによってこそ、詩における戦後は潰滅した、と言える。》

この文章の意味をさらに補強するものとして、やはり同じ時期に書かれたと思われる次の文章を引いておくのもいい。

《いま、わたしたちが一篇の詩をさしだす時、まるで詩みたいでしょうと言うか、あるいは全然詩じゃないみたいでしょうと言うか、そのどちらかだろう。いずれにしても、一般に詩として信じられているものが書けなくなっている、というのが多くの詩人の実感だと思う。少なくとも、わたしの意識のなかで、詩らしい詩はとっくに滅びた。抒情を拒む意識でしか抒情はありえず、物語を拒む意識でしか語りは成り立たず、意味をこわす意識でしか意味しえず、メタファを否定する意識のなかでメタファは訪れ、場面を遮蔽する意識のなかでしか場面はせりあがってこない。》(「言葉の囲いから詩が抜け出す」、『現代詩前線』所収)

ここでの北川透の情勢把握はおそろしく精確であるが、その反面、いちじるしく状況追随的である。たしかに、わたしたちの詩の現在は、ひとつの価値観に立脚しきれない不安にさらされている。生活意識や嘱目の風景は詩の素材とも対象ともなりうるが、それらを詩表現として定着させようとするとき、そこにそうした表現行為の全体をニヒルに否定するもうひとつの意識が働いてくる。これは詩人がみずからの内部に向けた批評意識と考えれば、このような批評意識が多くの詩人たちの内部にまがりなりにも育ってきたという事態は、たとえそれが強いられた覚醒であったにせよ、ひとつの事件と呼ばれうるにちがいない。少なくともこれまでは、詩を書くこと自体に自己批評の眼を走らせるような、批評家的な詩人はそんなに多くはいなかった。こうした事態が詩あるいは詩人たちにとって幸福なことか不幸なことかはにわかには速断しがたいが、かつて大岡信が言ったような「詩人は批評家でもなければばいけない」というテーゼが現実のものとなりつつあるのかもしれない。

ところで〈表層のリアリティ〉のみが滑走しているこの時代を北川は〈構想力なき時代〉あるいは〈ヴィジョンなき時代〉〈マニフェストなき時代〉と呼んでいる。思えば、戦後詩の歴史過程とはなんらかの理念が先行するなかで、詩のことばがそれに肉づけを与えるというかたちで展開されてきたものと考えることができる。その意味で言えば、現在の詩が現実に切りこむことばの角度や鮮度のみによって、言いかえれば理念なきことばそのものの運動力と機能性によって存立しているということは、現代詩の新しい局面をひらきつつあるものだと言ってよい。それは当然ながら否定的契機をも孕まざるをえないが、理念が詩の方法を規定したり、作品評価の一定の基準となる先験性をまぬかれているかぎりにおいて。詩の今後に期待をもたせてくれるのである。

2

北川透が〈構想力なき時代〉と呼んだとき、そこには単純な否定性としてではなく、現在の世界が構造的にかかえてしまった変化への緻密な対応が要請されていた。そしてこの基本的姿勢が北川の批評の現在をきめており、したがって時評文の集成である『現代詩前線』にはとりわけてこうした要請が貫徹されている。だが、このような誠実さにもかかわらず、ところどころに北川の苦渋のようなものが読みとれるのは、やはり戦後詩とともに歩き、育ってきた批評家＝詩人らしい、みずからの出自への深い思い入れのせいだろうか。そんなことを思わざるをえないのは、北川が同世代の批評家＝詩人としておそらくもっとも深い共感と信頼を寄せている（にちがいない）菅谷規矩雄にたいする批評において、菅谷の批評軸にひっぱられるようにして北川が思わず奏でてしまう悲歌のトーンを感じてしまうせいかもしれない。菅谷の同じく時評集『詩とメタファ』について北川は次のように書いている。

「たしかにいま、詩の現況は、一見、ことばのアクロバットや詩的スノビズムに支配されているように見える。詩の批評にとって困難なのは、これを無邪気に肯定してかかれば、おのれの位置を見失ってしまうということであり、また、トータルに否定してしまえば、それについての内在的な手がかりを一切失ってしまうということである。／菅谷の時評文の読みどころは、詩の現況についての違和に苦しめられながらも、そこに単純な否定の論理を対置せずに、戦後の詩が作品構成の原理とした、方法としてのメタファ（隠喩）なる理念が、分解と拡散を不可視としている様相を読みとってゆくところにあるだろう。そしてそれが不可避であるならば、《いま、詩への希望？——イエスとノオを同時に発して〈ことばのことば〉になりきること》という立場を貫くほかあるまい。」

（「メタファの分解と拡散」、『現代詩前線』所収）

ここに菅谷規矩雄の批評への哀切な共感を読みとらなければ、いま北川透が戦略的に現在の詩を媒介にしようとしている位置を見失なってしまうことになろう。引用文の後半での菅谷の書の要約は的確であるにちがいないが、前半部分で言うところの批評の〈位置〉こそ、北川はそうとは言わないものの、二人の批評の視角の微妙なずれを示唆しているように思われてならない。つまり北川には詩の現況への明確な対応軸が見出されており、後退戦をたたかうに足るだけの戦略的思考が準備されているのに、菅谷のほうはほとんど破れかぶれの玉砕戦を挑んでいるというふうに北川からは見えているはずだ。むろんそこに批評の優劣を言う必要はない。北川が戦略的に放棄した地点で菅谷は孤軍奮闘している。そんなたたかい方は無暴だよ、と思っても、そのたたかい方を生き抜いてみせるしか方法をもたないきみはそこで徹底的に苦しみ抜いてくれ、それが詩になんらかの豊饒をもたらすかもしれないからだ、そんなふうに北川は考えているにちがいない。

菅谷規矩雄の『詩とメタファ』は『現代詩手帖』の一九八二年一月号から十二月号まで一年間にわたって書かれた連載時評を収録したものであって、北川の『現代詩前線』と一部ではあるが時期が重なっている。もちろん新聞の月評とはちがって、もっとゆったりと書くことのできる雑誌の時評のほうが問題を核心まで論じぬくうえで有利であるから、一年間という時間は詩の現在総体を対象化しうるには必要かつ十分な時間であったはずである。だが菅谷はこのような時間のフレームのなかで必ずしも人を納得させるに足る展望を見せてくれたとは言えない。それはおそらく「あとがき」にも記されているように《詩の現状にたいして、わたしは〈不在〉なのだというおもい》に時評の根拠をおいたからにほかならないのではないだろうか。時評の最終回が「不在に充ちみちた現在」というタイトルを冠しているのをみてもわかるように、菅谷の批評は結局のところ、自己の

〈不在〉という状況を全体的な〈不在〉という状況へ拡大したにすぎなかったのではないかという疑問を禁じえないのだ。ともかくも菅谷が提出した結論は以下のようなものである。

《不在に充ちみちた現在——そのようにわたしたちのことばは表層をあらわしている。そしてこの表層こそが、はじめてこう告げることができる——詩は、戦後イデオロギイの右往左往をようやくぬけだした、と。なにをいまさらそんな！　と、右往も左往も無縁だったような連中こそが、いまになって、またぞろ、右往左往しはじめ、名をつらね、群れあつまっている。それらにたいしては、ひとことといってやればいい——おれはおれの不在に徹するよ、と。それがわたしの、また、わたしたちのことばの、ゆいいつ戦後的帰結だ。》

《ことばが〈ある〉——そしてわたしはことばのなかに〈いる〉。そうであるならば、わたしは〈いま・ここ〉のことばのなかで〈ことばのことば〉となるほかない。もしことばが〈世界〉であるならば、わたしの〈世界＝内＝存在〉（いや、「世にあること」といったほうがいい）は、〈ことばのことば〉として具現されるいがいにないのだ。》（「不在に充ちみちた現在」）

ここで言われるところの〈ことばのことば〉とは、現在のことばがおかれている状況を総体として把えるものとしてはなかなか便利な概念である。菅谷はこの時評のなかで、吉本隆明の〈修辞的な現在〉からはじめて、芹沢俊介の〈戦後詩の帰路〉（『戦後詩人論』）、さらには神山睦美の〈成熟の不可能性〉（『成熟の表情』）といった菅谷ごのみの一連の批評軸を媒介にしつつ、現在の詩を戦後的メタファの方法の帰結という方向でしぼりこんでいったのである。いや、より正確に言えば、菅谷の世代が幼年期に遭遇した〈戦争〉をくぐり抜ける方法として〈戦後詩〉が、そしてその構成原理となった（と菅谷の言う）戦後的メタファが引き寄せられたのである。
《戦後史を、戦後時間を、解体してしまいたい――それのみが、戦後詩がいま体現しうる欲求なのではないか。戦後世代の幼年を解読することは、〈家族〉と〈戦争〉を解読することだ。それいがいに、わたしたちにはみずからの幼年の〈戦争〉を、あらためて自力でくぐりぬけるみちをもたない。そしてそこに、戦後詩のさいごの課題がある。》（「戦後詩の帰結」、『詩とメタファ』所収）
《いまや、メタファは、作品構成の原理（構造）であることをやめてしまった――なぜか。ふたたびみたびの戦後的敗北ののち、わたしたちは、かろうじて、分解と拡散を、みずからの同時代性とするほかないからである。》（「たとえ話」、『詩とメタファ』所収）

異論はあるが、このあたりは菅谷規矩雄の批評の根源的モチーフを語っているものとみてさしつかえない。菅谷（の世代）を詩における戦後世代の第一走者とするならば、この世代こそ戦後詩を全身で担ってきた人たちであり、したがって戦後詩を徹底的に解体するなり、戦後詩によって解体されるなり、とことん戦後詩という枠から逃れえない人たちなのかもしれない。わたしたちが戦後詩を総体として受けとらざるをえなかった世代だとすれば、かれらは先行する詩人たちの仕事を吸収しながらそれらを通じて戦後詩の中核を構成するはずなのであった。それがどれだけ実現されたかはともかく、そうした意味ではわたしたちと菅谷の世代とは発想を決定的に異にするものがあるということをあらためて確認せざるをえないのである。

いずれにしても、〈ことばのことば〉という状況からの抽出について考察していかなければならないが、そのまえにもうひとつ検討しておきたいのが、わたしたち戦後生まれの世代がこうした状況をどうとらえ、どのように表現を貫いていこうとしているのかという問題である。
たとえば、こうした世代のひとり瀬尾育生は、江藤淳の占領期研究や磯田光一の『戦後史の空間』について次のように書く。
《ここにはある微妙なポイント――切換点が存在する。戦後をひとつのパッケージの中にとじこめること、このことは、それをしている人間がすでにその完結された世界からしめだされ、外へ投げ出されていること、あるいは投げ出されつつあるということによってはじめて可能である。この作業はだから同時に、それをしている自己が現在投げ出されているところがどういう場所なのかを問うことと並行してしかありえないはずだ。もしこのあとの問を欠くとすれば、ある歴史時代をひとつの完結性として対象化する作業は、必ずこの完結性の彼岸にある理念、ある先験性、ある超越者を思い描くか、もしくは自己をありもしない客観者の場へ移しおくことで、それ自身がもうひとまわり大きな、包囲と監禁の空間をつくりだすことになるのだ。》（「戦後詩徘徊2・メランコリア」、『あんかるわ』69号）
ここで瀬尾はなによりもみずからの批評の立脚点について語っている。戦後史または戦後詩について内在的に論評しうるいかなる立場にもたちえぬからこそ、戦後時空に迫るときのみずからの位置または身体的地平をまずもって明らかにすること、このクリティカルな方法と視座はわたしたちの世代にとって欠かすことができない。つまり江藤や磯田ならば批評の方法のちがいとして容認されうるが、もし自分たちのひとりがそのような方法で語るとすれば、批評そのものの成立がありえないというふうな倫理的な規制として〈戦後〉という問題はあらわれているのだ。そしてこのような手続きは批評の原理的な場所の画定とそこからの思考の展開を保証するうえで重要であるにすぎず、いうなれば批評の前提でしかない。こういう位置のとりかたこそ、あらためて江藤や磯田の〈戦後〉論を批判の文脈にくりこむことを可能ならしめるものなのだ。かれらの批評が有している〈自己完結的な特質〉は対象をさらに大きな空間で包囲し監禁してしまうという本質的な反動性によって特徴づけられているが、こうした言説が生まれてきてしまう背景には、七〇年代を大きな結節点とする言語的・イデオロギー的状況の変化、すなわち生産と消費という流通過程の物量化された様式であるテクノロジーの一極化された運動の支配という状況があるのだ。ことばはそこでみごとなまでに空洞化され、資本の生産と消費の論理を一元的に受けいれる言説のほうが状況にたいして本質的な対応をしているという笑えない逆説が生じている。そんな状況には背を向けてしまえというのは、そこにより根底的な表現の論理をもたないかぎり、どこまでもつづく逃亡か、ゆえ知れぬ自己満足でしかないだろう。北川透のいう〈表層のリアリティ〉を、そのリアリティの水準を落とすことなく、どこまで深く引きおろすことができるか。つまり〈戦後〉でくくれなくなった現在をいかに対象化することができるか、というのが新しくわたしたちにつきつけられた中心的な問題なのである。

3

本章の冒頭でも述べたように、一九八〇年代にはいってから戦後詩の再検討という問題がさまざまな局面から論ぜられるようになってきた。これは前述したような時代状況の推移とともに考察されなければならない問題であるが、こうした動きのなかで確認しておかなければならないのは、戦後詩論議がほとんどつねに『荒地』派の動向を軸にしてしか進められることがなかったという問題である。たしかに、戦後詩は『荒地』の若い詩人たちによって方法化されたことに疑いをさしはさむ余地はないけれども、それがたとえば現在の〈ことばのことば〉化した状況に結びついているとはどうしても考えられない。わたしの想定では、『荒地』派によって設定された〈戦後詩〉の枠組みは、それを内実化しうるさらに若い書き手たちの出現をまって、より本質的な姿をあらわしたのではないか。むろんこの考えは、その後の『荒地』派の詩人たちの仕事を否定しようとするものではない。むしろかれらは若い世代の表現に逆に触発されることによって新たな活性化の過程に入ったと考えるべきである。そしてこのことはかれらにとってけっして不名誉なことではなく、詩史のうえでは当然起こりうる事態であるにすぎないと考えてよい。

戦後詩の新たな胎動は一九五〇年代に書かれた次のような作品群に象徴される位相において実質的な力量を獲得したと考えることができる。

きのうのぼくの眼の色をぼくは忘れた
しかしきのうのぼくの眼が何を見たかを
ぼくの指は知っている
眼の見たものは手によって

撫の肌をなでるようになでられたから
おお　ぼくは生きる　風に吹かれる肉感の上に

（大岡信「生きる」より）

立ちどまれ
生には与件が多すぎる
今こそぼくにはわかりはじめる
必要なのは眼そのものをぬりつぶすことだ
世界の上に見開くためには
苛酷に夢みる心こそ必要なのだと
未来を測ることはできない　だがしかし
最後の朝こそ原始の朝だと
眩く静かな意志がある

（大岡信「いたましい秋」より）

世界の中の用意された椅子に坐ると
急に私がいなくなる
私は大声をあげる

すると言葉だけが生き残る

（谷川俊太郎『六十二のソネット』より31の第一連）

あさ八時
ゆうべの夢が
電車のドアにすべりこみ
ぼくらに歌ういやな唄
「ねむたいか　おい　ねむたいか
眠りたいのか　たくないか」
ああいやだ　おおいやだ
眠りたくても眠れない
眠れなくても眠りたい
　無理なむすめ　むだな麦
　こすい心と凍えた恋
四角なしきたり　海のウニ

（岩田宏「いやな唄」より第一連）

これらの作品は五〇年代に書かれたものからアトランダムに引いたものである。したがってこれらは必ずしもその時代の代表作とはかぎらないし、個々の詩人にとっての代表作でさえないかもしれない。にもかかわらず、現在の眼からみるとき、これらの作品が表現の構造や表出意識としてもっている水準は、まごうかたなき現代詩のそれである。少なくとも、いまとなってはしかと意識されないまでも、それなくして現在の自在な詩的表出が可能になるとは思われない多くの試みが含まれている。当時においては実験的な試みであっても、現在の眼からみればとてもそのようには見えないということはしばしばおこる。たとえば大岡信の作品など、むしろ古典的なリリシズムと呼ぶこともできそうな構成となっているが、そこに盛りこまれた感受性の精妙な把握など、『荒地』派の詩にはやはり存在しえなかったことを銘記すべきである。そのことを理解するためには、大岡がめずらしく社会的なテーマをもちこんだ「男　あるいは　アメリカ」の次のような一節を読んでみればいい。

だが夜明け
君は突然とおい環礁の空に
薔薇色の巨大な花を見る
君はうめいて息絶える
畜生め　何というむかつくような美しさだ
閃光がおれの沙漠にしみとおる……

言うまでもなくここではアメリカのビキニ環礁での原爆実験について触れている。だがしかし、ここでも大岡の感受性は、原爆のキノコ雲を〈薔薇色の巨大な花〉と見、そこに〈むかつくような美しさ〉を感受してしまう。そこには個のレベルで感じとられたことの感覚的に自由な発現がみられるわけで、こうしたみずからの感受性を素直におしだしていける精神は、この時代の『荒地』グループのなかにはついに見出せないものだった。

一九五〇年代の代表的な同人雑誌のひとつに『櫂』があげられる。そこにはこの時代に輩出した詩人たちの多くが結集するかたちになったが、明確な主義も主張も打ち出さなかったかれらが、むしろそれゆえに五〇年代の主要な傾向のひとつを形成しえたことの理由は、詩が外部からのいかなる要請にもよらずして、もっぱら個の内部に育んできたそれぞれのモチーフに徹することをつうじて表出されるという方法論がはっきりと立てられていたからである。『櫂』のメンバーである茨木のり子は、当時を回想して次のように証言している。

《櫂は文学運動でもなかったのだが、『荒地』や『列島』が表現し残したものを、埋めようという、本能的な衝動のようなものは、皆に共通にあったような気がしてならない。》（「『櫂』小史」、現代詩文庫版『茨木のり子詩集』所収）

言うまでもなく、谷川俊太郎も大岡信も『櫂』の同人である。そしてかれら『櫂』に棹さした主要メンバーたちには『荒地』や『列島』の存在がやはり意識されないわけにはいかなかったのであろう。もちろん、それゆえにかれらの詩があったというのではなく、かれらの言葉や感受性への信頼があったればこそ、自分たちと『荒地』『列島』との差異は際立っていったし、さらにはかれらそれぞれに個有の声の獲得が可能になったのにちがいない。

ところで、いま、『櫂』が『荒地』や『列島』への潜在的な対抗意識のもとにグループを形成していったと書いたが、ここで本題を少々はずれるかもしれないけれども、このことに関連してひとつだけ述べておきたい問題がある。それは、いままさに書いたように、『荒地』と『列島』というふうに並記することにたいして鮎川信夫が述べた次のような観点についてである。

「……最近の詩論によく見かける《『荒地』とか『列島』》という言い方である。特定の時期を示したり、戦後詩の性格を特徴づけたりするために使われたりするのであるが、実際、両者が互いにお互いを意識していたかというと、全く意識していなかったのである。というより、ほとんどが何の交流も無かった。今はこんなことも見えなくなってしまっているのだろう。」（「風俗とどう関るか」、『現代詩手帖』一九八四年四月号、のちに『疑似現実の神話はがし』に収録）

鮎川はこのあと、『荒地』と『列島』のそれぞれのメンバーの交流のいかに稀薄であったかを述べ、《『荒地』と『列島』とフラッと並べて書く人は誰一人このようなことを知らないのではないだろうか》と書いている。そんなバカなことはありませんよ、と言いたいところだが、なるほど当事者からすれば『列島』なんぞといっしょくたにされたのではかなわないという気持でも働いたのだろうか、たしかにそういう事実はあったにちがいないし、その事実を鮎川が強調しようというのもわからないことではない。そしてそのことはかなり重要なことなのだが、にもかかわらず、詩史的な問題として論じるときにこの両者が対抗的な関係でとらえられることは必要なのである。ただ、それがたとえば〈芸術〉と〈政治〉といったようなあまりに安易な図式でとらえられがちであり、それ以外の関係のなかで両者が相対化されていかないことは、たしかに鮎川が不満とするのも当然である。このことは肝に銘じておくとして、さきの茨木の回想にあらわれた、『荒地』『列島』のそれぞれに対抗していこうとする意識を共通項として、『櫂』が形成されていったというのもまた、もうひとつの詩史的事実なのだ。

ともあれ、こうしたかたちで形成された『櫂』をひとつの頂点として五〇年代詩が生みだされていった。言うまでもないことだが、この時代にその他多くの詩誌や詩人たちが新しく生まれてきたという事実、そしてそれらが〈五〇年代詩〉と総称されるのはジャーナリスティックな要請という側面が強いという事実、こういった事実を無視するわけにはいかないけれども、にもかかわらず、それらのさまざまな詩誌や詩人たちをさしおいても、『櫂』の詩人たちがこの時代に提出した問題は、はるかに深いところまで戦後詩の動向に影響を与えたのである。そしてこのことの意味は、さらに次の世代の出現をまってようやく明らかになっていくのである。

4

いまから思えば、一九六〇年代とは、詩にとって、あるいは映画にしろ演劇にしろ表現の多くの領域において、ある意味ではじつに幸福な時代だったのではないか。世は高度経済成長のまっただなかであり、事物は巷に溢れだし、人びとのフトコロは自然に豊かになり、とどまるところを知らないかのごとき幻想がふりまかれていたと言ってもよい。むろんこれが一九六五年の日韓条約締結に象徴される日本帝国主義の海外への経済進出＝侵略をテコにした国内での見返り的表現であったことは明らかであるが、そういう認識よりも、生産と消費の加速度的な拡大に対応するかたちで表現の方法の拡張が要求されていたにちがいない。その意味で、じつに屈託のない、幸福な時代だったと思えるのである。

　つまり、一九六〇年安保の敗北以後、六〇年代末の大学闘争激化の直前までを正確な意味で〈六〇年代〉と考えるならば、この時代こそ、戦後史のうえで特筆すべき二つの転形期のはざまにあって、しかもなお時代の命運を予知させる暗い影からも解放されていた不思議な時代だったのだ。

　ここでわたしは、さきほど述べた〈五〇年代詩〉のあとをうけて出現した次の世代として『凶区』や『ドラムカン』『長帽子』『白鯨』といった詩誌に拠る詩人たちについても触れなければならないはずである。ただここで確認しておきたいのは、この時代にかれらが華々しく出現したこととは別に、前の世代の詩人たち、とりわけ五〇年代詩人たちのすぐれた詩集がこの時期に次々と刊行されていることであって、その意味でも六〇年代が豊穣な詩の季節であったことがわかるのである。

　わたしが大学に入学したのは一九六八年であるが、この年から翌六九年にかけての時期は、戦後の歴史のなかで、いや日本近代の歴史のうえでといっても同じことだが、おそらくもっとも深い意味で政治的・イデオロギー的でありえた時期だったと言ってよいと思う。そこでは、ことばや行為が表面上の意図をはぎとられてその裏に隠されたほんとうの意図やからくりを公衆の面前で明らかにされ確認され否定されるという、今日では考えられないような〈事件〉が日常茶飯に展開されていたのである。言うまでもないが、コトの本質が明らかにされるということは、隠蔽の論理によって成立している支配の力学にとってははなはだ具合の悪いことであり、この力学にちょっとでも加担している者が巧みな遁辞を弄しても次第に追いつめられていかざるをえなかったのは、事態がそれほどラディカルな側面をもっていたことを示している。それが本質的な局面をもったとすれば、機動隊そのものとの衝突の場面などよりも、教師と学生という、日常的には対立の見えにくい関係のなかに孕まれた、支配する者と支配される者の関係、教育という名と場をかりた支配の論理の貫徹をめぐっての構造的対立においてそれが危機的な本質を現出したことをおいてはありえなかったと言いうる。つまりここでは、ありとあらゆる関係のなかに潜んでいる支配の論理との対決、そのイデオロギー性の摘発が問題だったのであり、それが教師―学生間の対立の主要な争点と考えられたのは当然のなりゆきだったと言っていい。そこでは、もっと重要な課題があるとか、〈敵〉の選択が間違っているとかいう批判はまったく的外れであったことは明らかである。その意味でこの時期の思想課題が政治主義的である以上にイデオロギー的・観念的であり、イデオロギー的・観念的であることによってはじめて政治的であるという戦後史のなかで唯一の運動性を獲得しえた経験であったと言えるのではないか。そして六〇年安保が切りひらいた政治性とはもうひとつ別の意味で〈政治〉が内面化されえたと言ってもよい。言いかえれば六〇年安保が政治次元での対応に終始し、そこでの敗北が精神の空白をしか生みださなかったとすれば、六〇年代末の闘争は、自己という主体の個別身体性のなかに〈政治〉を位置づけることによって、なによりも政治主義的な運動のレベルを超えたのである。

このことは詩の表現のなかにあとづけることができる。わたしが大学に入学したころ、学生たちのあいだでもてはやされていたのはたとえば次のような詩であった。

ぼくたちにとって　絶望とは
あるなにかを失うことではなかった、むしろ
失うべきものを失わなかった肥大のことだ
おびただしい椅子と白壁とにかこまれて
撓みながら　鏡は過ぎゆく歴史の記憶をすべる。
多くのものがすぎていった雨季の階段のうえで
ぼくたちは時代の咽喉を
そこでただひとりの死者の声をみつける。
名のない魚だって　死んだら
ぼくたちの意識のなかを泳ぐだろう
鳥だって死んだら意味を飛ぶのだ
そのように　死者だって恢復するのだ
誤謬のなかの死はいまこそぼくたちの詩をためす、
それというのもいつだって、詩は
どのような過激な行為や言葉よりも過激だからだ
ぼくたちの内なるやさしさ

そのものにならねばならないからだ。

（長田弘「無言歌」後半）

いまの時点でこの詩人の甘さ、時代や状況へのもたれかかりを言うのはたやすい。だが、この六〇年六月の死者をうたった作品が、一九六八年の時点でヒロイックに迎えいれられていたという事実、それが受け手の側の若さからくる甘さも手伝っていたにせよ、ある状況へかかわっていこうとするわたしたちの世代にとっての出発点を啓示しているようにみえていたということが問題なのだ。もしこの時点を問題にしうるなら、このような甘さが容認されていたことこそが、六〇年代末というもうひとつの転形期をまえにしての〈六〇年代〉の与えうる意味の限界点が示されていると思えるからである。

一九六八年六月、わたしたちの大学は医学部闘争を発端とする学内体制への批判を最大の理由として無期限ストライキに入った。高校を出たてのヒヨコのようなわたしには、状況全般への理解も、ましてや党派政治的文脈からくる学内政治の動向の把握も、とうてい覚束なかったが、それでもそこには来たるべき七〇年安保へむけての闘争体制の確立を企図している政治的イデオロギー的な動きぐらいは察知できていた。周知のように七〇年安保は、闘争主体の四分五裂と、支配の側からの反暴力学生キャンペーンをはじめとする巧みな情報操作によって流産してしまったが、その間の思想的な営為のなかには、たんに政治運動的なレベルに終わらない、すぐれてラディカルな位相にたつ思想の芽ばえがみられた。自分の身体を唯一の根拠とし、その身体の再編成をつうじて現実の再認識→変革という展望をもとうとする〈身体論〉の試みや、環境汚染・環境保護に実践的にとりくんだ地域ぐるみの反公害闘争、といったようなねばり強い思想的・運動的な展開は、この六〇年代末を頂点とする一連の大学闘争の進展を抜きにしては考えられないのではないか。さきにわたしがこの時期をさして六〇年に次ぐ戦後第二の転形期と呼んだのも、このような事態の動きを背景としているからにほかならない。そしてこの時期が六〇年と決定的にちがうのは、六〇年がそこでたたかった人たちの思想を政治行動のレベルで左右にふりわけることを主眼としたのにたいし、六〇年代末はそのような単純なレベルでなく、より存在論的な主体のありかたをひとりひとりの個人に問う思想的要請として働いたというふうに総括することができるからである。もちろん、六〇年安保をたたかった人たちが存在論的な危機に立たなかったと言うのではない。少なからぬ人たちがそのような重い主題をかかえて六〇年代を生きてきたにはちがいない。しかしそうした人たちは結果としてそう追いこまれたのにすぎなかったし、問題が当初から政治的レベルにあったためもあって、事後にまでその経験を内在化しえたのはほんのひと握りの知識層にすぎなかった。大衆はさっさと退却してしまったのである。六〇年代末の大学闘争は、それが大学自治の問題を契機としているだけに、もともと大衆的な基盤というものが脆弱だった。それが運動としてのアキレス腱でもあったが、またそれゆえに、運動が観念的な軸をめぐってとことん追求されてゆくという稀有な様相を呈しえたのである。その意味で、六〇年安保を戦後日本がはじめて直面した〈近代〉との、〈前近代〉の側からする対決であったと考えてよいならば、六〇年代末の大学闘争はこの近代ならぬ〈近代〉を超えようとする思想の端緒となるものであった。この視点からは、さまざまな脱落や変節をふくみながらも、七〇年代全般にわたり現在にもおよぶわたしたちの世代の思想的苦闘がなぜ安易な決着を許されないかということの根底がみえてくるはずだ。

わたしはいくらか先まわりしすぎたように思う。ただここで言いたかったことは、一九六八年当時、少しでも意識的な学生たちは長田弘のセンチメンタルな詩などを読みながら、自分たちの闘争を六〇年のたたかいに擬していた、ということである。そこではまだ、自己の存在が被抑圧者であるばかりでなく抑圧者ともなりうるという両義性が十分に把握されていず、ましてやそれが今日の国家体制のもとにおける構造的必然に根ざしていることの本質にまでは了解がとどいていなかった。のちにそれが〈自己否定〉という方法にいたりついたことには、あるやみがたい必然があったのである。

ところで、このような未熟な方法しかわたしたちの世代が見出せなかったことは、そのまま戦後日本の思想の未熟をも象徴していたにちがいない。それはさきに引いた長田弘の詩においてひとつの典型が見出されるように、この時期に活躍した詩人たちの作品において共通している問題であろう。次に六〇年六月の安保闘争に触れた二人の詩人の作品を引いてみる。

何よりもまず
その少女には口がなかった
少女の首をはさみつけている二本の棒にはは
奇妙な斑とたくさんの節があった

みひらかれた硬い瞳いっぱいに
湿った壁が塡っていた
その壁の向う側から
死んだ少女のまなざしはきた

（天沢退二郎「眼と現在」第一連）

あけてくる朝のかくしている
さけられない希望
それが
ぼくたちの不幸のはじまりだ

（渡辺武信「名づける」第一連）

それぞれ〈六月の死者を求めて〉、〈一九六〇年六月の記憶のために〉という副題をもっている作品であるが、これらの作品に鮮やかに定着された一九六〇年六月という日付は、天沢退二郎や渡辺武信といった鋭敏な感受性をもった新しい書き手たちによってはじめて詩表現のうえで、ある新しい切り口をともなうものとして対象化されたのである。そこにはかれらが五〇年代詩人たちから学びとった言葉の自在な動きが見出されるだけでなく、みずからの感受性の動きにもじつに素直に反応しうる独自性が認められる。そしてそれが、かれらの詩が曇りのない鏡のように時代の風景を映しだすことができたことの理由でもあった。

郷原宏は、六〇年代詩が一九六〇年安保闘争をスプリングボードとして登場してきたこと、そしてこの詩人たちがみずからの発語の根を六〇年六月の一女子学生の死においていることを指摘したあとで、だがこの死がきわめてありふれた一個の死という事実を出るものではないとし、以下のように書いている。

《それが発語の根としての原体験に、つまり「六月」になるためには、当時の状況の総体が感受性のフィルターを通して個々人の内的な生活過程に繰り込まれ、一つの世代を形成するに足る「意味」にまで高められる必要があった。この場合に忘れてならないのは、原体験形成の条件が実際にその行動に参加したかどうかの現実体験によるものではなかったという事実である。／もとより人は街頭行動の先頭に立ちながら最も体制的な精神の持主であることができるし、喫茶店でデモ隊を傍観しながら最も革命的な思想者であることもできる。そんなことは問題ではない。ただ、私がここで指摘しておきたいのは、たとえば「凶区」のメンバーが多く傍観者的でありながら、安保全学連のラディカリズムを最もよく表現しえたのは（あるいはそのふりができたのは）なぜかということである。そこには当然、参加者と傍観者との精神的な共同性、あるいは感受性の等価性というものが想定されなければならない。》（「ついに書かれぬ現代詩」）

郷原はこのあと、《六〇年反安保闘争は政治闘争ではなく感受性のたたかいであった》とし、《たたかうとはどういうことなのかという、すぐれて存在論的な問題》が見出されていたと書いている。

この見取り図は、わたしに言わせれば、むしろ六〇年代末の大学闘争にこそ、より正確にあてはまるはずだが、これはほぼ同じ十代の末という年齢が、六〇年安保という第一の転形期と六〇年代末の大学闘争という第二の転形期の相違を超えて共通点のほうを過剰に引き寄せてしまってみせたせいかもしれない。ひとはこの年齢では、過剰なナルシシズムと自己存在への徹底した凝視と省察をもって歩みだすからである。だから郷原が六〇年安保を政治闘争としてよりも感受性のたたかいとして理解したということは、郷原個人の当時の年齢からしても社会を見上げる位置からしても正確であったと言わなければならない。だがそれは、今日からみると、やはり無理があり、わたしたちが六〇年代末に体験した大学闘争に比較するまでもなく、六〇年反安保闘争は第一義的に政治闘争であり、それ以上でもそれ以下でもなかった。そしてだからこそ〈感受性のたたかい〉は、政治レベルの動きとは無関係に、あるいは相対的に自由に、表現へとむすびつくことができたのである。郷原もいうように、この感受性の質が政治や思想との関係を問われないというかぎりにおいて、《傍観者「凶区」はよく全学連ラディカリズムの詩的代弁者たりえた》のである。

わたしもまた、この逆説的な事実を認めないわけにいかない。すでに引いた天沢退二郎と渡辺武信の詩にしても、そうしたかれらの表現の特質をよく示していると考える。天沢の詩において〈死んだ少女のまなざし〉は瞳いっぱいに塡った〈湿った壁〉のむこうからやってくるが、この〈壁〉が天沢自身にとってどのような内実をもつかはまったく不明である。しかしほんとうはこの〈壁〉を突き抜けて向う側へいってしまえば、詩の表現は成立しなかったかもしれないのである。全学連のデモ隊に加わって国会突入を図った者なら、こうした冷静な距離を死んだ少女とのあいだに聳立させることはできなかったにちがいない。それはまた渡辺武信の詩についても言える。〈あけてくる朝のかくしている／さけられない希望〉という表現は、おそらく六月十五日の翌日のまぶしい曙光のメタファーとして書きつけられたものだろうと思うが、それにつづく〈それが／ぼくたちの不幸のはじまりだ〉という苦い認識によって時代状況への架橋がなされてはいるものの、それでもここに不可避的に出現する〈希望〉というメタファーが渡辺の感受性の自然発生性をよく示していることは否定のしようがない。この感受性の質こそが、郷原宏のいう〈感受性のたたかい〉としての六〇年安保闘争を渡辺が傍観者の位置からにせよ、よく対象化しえた根源だったのだ。

いずれにしても、六〇年代詩が天沢や渡辺といった感受性豊かな詩人たちによって出発したことは、良くも悪くも六〇年安保という時代がかれらの方法によってもっともよく体現されたということを意味している。このことがほんとうの意味をもつのは、六〇年代末の大学闘争の経験と対置されることによってではないか、というのがいまのわたしの考えである。つまり、六〇年安保は『凶区』という華麗な同伴者を生みだしたが、六〇年代末から七〇年代はほとんどそのような表現者を見出すことができなかったのはなぜか。あるいは、同じことだが、六〇年代は『凶区』をはじめ新しい表現者を続々と輩出したが、七〇年代は一部の者をのぞいて、むしろ沈黙に陥らざるをえない者が多数を占めており、七〇年代後半になってようやくその者たちが表現の道をあらためて探りはじめたと思われるのは、いかなるわけか。もちろん最後の問いに答えることはいまのところ不可能である。それは進行中の設問そのものであって、この運動が発端をもったことだけを確認しておけばいまは足りるからである。だが最初の問いには以下のように答えることができる。すなわち、『凶区』、とりわけ天沢退二郎や渡辺武信の表現は本質的には五〇年代詩の正系の流れを継承するものであり、この系譜が六〇年安保という戦後日本の最初の転形期であり〈近代〉と〈前近代〉がはじめて正面衝突した時間を通過するときに発した不協和音であったというふうに。ただこの不協和音が時代の流れのなかでは、反安保という政治運動自体のもつ不協和音と奇妙なハーモニーをつくりだしたにすぎない。そして時代がひとたび脱政治化すれば、かれらの本来の資質にたちかえった表現がもとめられるようになる。この方向が五〇年代詩のつくりだした規範をさらに強化し、ついには戦後詩の中枢部分になりかわっていくのを認めることができる。そしてこれを逆に言えば、戦後詩はそこでひとつの完成期を迎えたことになり、ついで活性力を失ないはじめたということである。それが最終的に息の根を止められるのは六〇年代末の大学闘争の経験を踏まえた世代の出現によってである。そのメルクマールは一九七〇年における『凶区』の休刊(=廃刊)であり、それと前後する『凶区』同人たちの人間関係の解体であったと言ってよい。そこで何が争われたかはさしあたり問題ではないが、それが六〇年代末の大学闘争をきっかけとするものであることは間違いあるまい。菅谷規矩雄は『ユリイカ』一九七〇年八月号に発表した「詩的情況論序章」のなかで次のように書いている。

《天沢退二郎は凶区27号の〈一九六九年　ノンセクション・ベストテン〉の一項目に〈一月十八、十九日(乱)〉としてしるしている。これはふたつのことを〈意味〉しているとかんがえられる。第一に東大闘争がブラウン管の映像以上のものではないということ、凶区の〈ノンセクション・ベストテン〉が、いわば日録のまとめであることからすれば、〈凶区日録〉じたいが、テレビ芸能(たとえば11PMやナイトショーなど)と、もはやまったく同一化していることをも、ここから読みとることができる。／第二に、天沢にとって大学闘争は、かれの60年代ノンセクション・ベストテンの一項目としてすでに過去のものではないのか。七〇年代にこだわりつづけるべき、どんな思想主題をつかみだしつつあるのか、この点にかんしてかれは多くを語ろうとしない。むしろ凶区誌上においてはまったく無言である。／そのかぎりにおいて、凶区前史を構成する一方の要因としての〈暴走〉は、かんぜんにその意味をつかいはたして、凶区の内的構造から消失した。渡辺武信において、〈暴走〉すなわち6・15的記憶は、東大闘争にたいしてついにあらたな関係をつくりだすモティーフたりえなかった。》

菅谷のこの文章が「《凶区》はいま危機である」という書き出しをもっていることを付記しておいたほうがいい。そこにはほとんど『凶区』への訣別宣言と言ってもよいような内容が盛られていて、『凶区』内部での菅谷の他の同人にたいする批判が逐一明記されている。引用は天沢と渡辺にたいするものだが、端的には東大闘争とのかかわりのなかでの思想的位置のとりかたの問題であって、これはまず決定的な異和とみなさなければならない。

この文章からも傍証されるように、六〇年代詩は大学闘争になんらかの意識的な対応をもちえないかぎり、時代をリードする衝迫力を失なわざるをえなかった。そしてこの命運は七〇年代が深まっていくにつれていよいよ顕著なものとなっていったが、このことに意識的対応をもちえたものであっても、今度は時代状況に追い討ちをかけられることによって、相似たところへ落ちこまざるをえなかった。すなわち沈黙であり発語不能であった。荒川洋治、平出隆、稲川方人をはじめとしてこの間に出現した何人かの詩人たちは、奇妙なほど六〇年代末という時代状況への認識を欠落させた者たちであり、この時代を徹底して非政治的に生きてきたことを証明することによって表現上のある種の新しさをうちだしてみせたのである。そしてこの流れにそって、菅谷規矩雄の〈ことばのことば〉という状況もまた抜き差しならぬ深度において現実のものとなってきたと言っていい。これを〈戦後詩〉の崩壊と呼ぶのはたやすいが、それほど〈戦後詩〉の総体は虚弱でも薄っぺらでもないはずである。もしそれが終局的な場面に直面しているというのなら、いまいちどその全体像を把えてみなければならない。どうやらいまからがそのときである。

戦後詩という風景とその解体

わたしはこれまで「方法としての戦後詩」というテーマで、比較的長い評論を書きつづけてきたのですが、今度これを一冊にまとめようということになって、これまでこのテーマに即して書いてきたものを読み直すという作業を自分に課しているところなわけです。きょうは、そうした一連の読み直しをつうじてあらためて浮かんできた問題のいくつかに焦点をあわせて考えてみたいと思っています。

1　理論と思想

みなさんは〈戦後〉というと、どういうふうにお考えになるでしょうか。〈戦後〉なんてもうどこにもない、とお考えになるでしょうし、それはそれで実感として正しいとはわたしも思うものですが、それじゃ、いまはどういう時代かと問いかえされれば、じつに答えにくい時代にわれわれは生きているわけです。戦後かれこれ四十年にもなろうとしている現在、いまさら〈戦後〉もないだろうと思わないわけにもいきませんが、それにもかかわらず、この問題について考えることはけっしてアナクロニズムでも現実離れでもない、とわたしは考えています。それは、〈戦争〉とは何かを問うことはすぐれて思想の問題であると思われるからです。

ここで思想とは何かという問題があらためて問われなければなりません。

ふつう思想というと、イデオロギー的な立場とか世界観とかが高度に圧縮された観念によって構成されたものと考えられます。つまり、現実を構成している無数のコトやモノをつらぬいている構造、それらを論理化しようとする精神の運動をさして思想と呼ぶわけです。この運動が原理的な問題の把握にむかうとき、それは理論とか体系と呼ばれることになります。思想とは理論的な解明へむかうひとつの段階であるという意味では、理論の範疇に属するものであるわけです。

ただ、思想ということばをそのように狭く限定したところで理解するのはあまり意味のないことだとわたしは考えています。というのは、理論というものは原理的、原則的なものですから、そこに高度な抽象化作用が働いてしまい、原理的なもののうえにさらに原理的なものを積み重ねるという方向に一方的に傾きがちで、それが本来出発点としてきた現実との接点をどんどん失なっていくという傾向を強くもっているからです。理論の形骸化したものをわたしはあえてここではイデナロギーと呼びたいと思いますが、イデオロギーがなぜダメかと言いますと、本来の理論的な探究はなおざりにしておいて、その形骸化した理論でもって現実を裁断しようとしたり、指導しようとするからではないかと思います。そこには骨と皮ばかりで、血が流れている生ま身の肉体というものがありません。だからこの場合、理論そのものも硬直することにならざるをえないわけです。

ですからわたしは思想ということばにもう少し広い意味を与えたいと思うのです。つまり、理論へと昇華する面をもちながら、この方向へあたたかい血を流すことのできる肉体なるものをどうしたら保持することができるか、というふうに考えるわけです。考えてみれば、マルクスの思想とか、フロイトやユングの思想、サルトルの思想、といった近代から現代にわたる有力な思想のなかには、高度な理論的達成もさることながら、この理論を硬直したものにさせないだけの、人間とその社会にたいする深い理解と洞察が働いているのを見出すことができます。つまり、すぐれた理論はすぐれた理論であるよりもまえにすぐれた思想でもなければならない。そういう意味で、思想とはもう少し現実的なものであり、かつ根底的なものだと思います。

2 詩という思想

ところで詩という表現は、それがことばという現実を介して、もうひとつの現実、いわゆる現実の世界、コトとモノの世界に相渉るという点できわめて思想的な行為であります。これは表現という問題の構造上、本質的にそうなのであって、詩を書くひとりひとりが思想的なモチーフを意識的にもとうともつまいと、いやおうなくその書き手の思想がことばの形になってあらわれてくるという意味で、本質的な行為であるわけです。この行為が本質的であるのは、その行為の結果である詩作品が本質的な性格をおびるということのみならず、その書き手にとっても、表現そのものが新しい思想的な体験であるという意味において本質的だからです。

いま、ことばという現実を介してもうひとつの現実である世界に相渉るのが詩の表現だと言いましたが、詩のことばとはここではきわめてダイナミックなものだと思います。つまり、それはある内的な意味とかイメージを外部に表出するための手段ではなくて、むしろ外部の現実がことばのうちにからめとられるようにして映しだされているというふうに見えるという意味で、現実がことばを招きよせるというよりも、ことばが現実をつくりだしていると言ってもよいような現象だということです。詩を書くことはそうしたことばのダイナミックな動きのなかにみずからを泳がせながら、ひとつの世界像をもとめていく行為だと言えばよいでしょうか。そこで導きの糸になっているものは、書き手が日々暮らしている生活のイメージであったり、日ごろ親しんでいる観念の世界であったりするわけですが、それらが直接的にとは言えないにせよ、詩のことばのダイナミックな動きの根底を形づくっていることはまず確実だと言えるように思います。ただ、そうしたイメージや観念が詩のことばのなかにそのまま対象化されると考えるのはむしろ単純にすぎるのであって、実際には、これらのイメージや観念を否定し転倒するようなかたちで詩の表現はなされてしまうことが多いわけです。これはことばによって世界を構築しようとする詩的行為においてはほとんど自然性と呼んでもよいような傾向だと思われます。

では、こうしたたえざる自己否定ともいうべき詩の表現行為の動機とはどのあたりにあるのでしょうか。この問題は非常に哲学的な問いであり、容易に答えられるものではありませんが、おそらく人間のなかば本能とも言える自由というものにかかわりがあると言えるように思います。人間は好むと好まざるとにかかわらず、特定の時間と空間のなかに、ひとりの人間存在として生きることを強いられている。このことに自覚的な人は、そうした個別性を生き抜くことをつうじて普遍的なるものへという展望を切りひらこうとするわけですが、詩を書くうえでも同じような意識の動きがあるんじゃないかと思います。このような発想はいまふうのことばで言えば身体論と呼ばれるものなのですが、詩の表現というものはいつでも個別の地点で現実と触れあっているものなので、発想のうえではこの身体論に近いところがあるのだと思います。

詩における思想とは何か、という問題にたいして、以上の考えをふまえて言えば、書き手がもっている自由という希求がみずからの身体的地平のなかでどのように実現されているか、という問題におきなおしてみると、わかりやすいような気がします。つまりここで言いたいのは、詩における思想というのは、あたりまえなことですが、理論やイデオロギーからくるものではなくて、現実のなかでの視点の移動、風景の移動といったようなものに似ているのではないかということです。詩を書く人（あるいは読む人）がその詩を書くこと（あるいは読むこと）によって、それ以前とはちがう場所へ動いた、新しい地点に出たということが重要なのではないかということです。風景が動くこと、その微細な動きをそのままにとらえることができたら、どんなにすばらしいことか。ここでいう風景とは、言うまでもなく、人間関係とか社会的現実のなかでの風景のことをさして言っているわけですが、そのなかで風景がちがってみえるということは、これはほんとうは画期的なことなわけで、それが詩という表現の枠の中でひそかに先行的におこなわれているということになるわけです。もちろんそれが現実の変革に直接的にむすびつくはずもありませんが、それでもその表現が存在することによって、少なくともある人たちにとっては現実がちがってみえたり、生きる力を得たりすることがおこりうるのだと思います。そういう表現のなかでの風景の移動、それをとりあえず詩における思想行為と考えたいと思います。

このように考えてみると、自己否定というモチーフをもたない詩表現とは、みずからの身体的地平の改革をもとめない表現ということになり、したがって視点の移動も風景の移動もおこりえないことになります。そうなるともう既成の風景をくりかえしくりかえし上演するしか手がなくなるのは自明で、そこにはいきおいテクニック上の問題しか残るものはありません。これが詩の現状だと言っていいと思います。さきほどのことばを使えば、これこそ硬直したイデオロギーとしての詩、もしくはイデオロギーの支配に加担する詩だと言わなければなりません。

3 〈戦後詩〉という風景

ここでようやく本題にはいろうと思います。

冒頭で申しましたように、わたしは「方法としての戦後詩」という連載評論をここ三年ぐらいにわたって書いてきたのですが、そのなかで〈戦後詩〉を対象とするさいの方法として、大きく言って三つの方法を提示しました。その方法を要約して言えば、ひとつは、〈戦後詩〉と呼ばれるものの全体をいま現在の時点から総体としてとらえ、それが現在書かれている詩にどのような影響を与えているか、という問題として立てられるものです。これは〈戦後詩〉のなかに規範的な作品やモチーフを見出し、それとの関連において現在の詩の問題を考えていく方法だとも言えましょう。二つめの方法は、〈戦後〉の現実に展開する過程を、ありうべき〈戦後〉とは別に展開してきてしまったもの、あるいはせいぜいのところ、ありえたかもしれないいくつかの可能性のなかのひとつにすぎないものとして相対化してみていくことで、現実の世界を批判的に検討していく視点を確保すること。この方法は『荒地』を中心として展開してきた〈戦後詩〉の読みかえをも可能にしうるのではないか、というふうに思われます。三つめの方法は、以上の二つの方法をふまえて言語表現論のレベルで戦後詩の表出上の問題をひとつひとつ明らかにしていくというものでした。これら三つの方法を結合させて自分なりの見取り図がえがけるならば、それを根拠にして次のテーマに向かいたいというのが当初の構想でしたが、それがどこまで実現できたかはともかく、この〈戦後詩〉の再検討というテーマは、思っていた以上に広く奥深いもので、次々に問題の解明をせまるといったふうにあらわれてくるものであるわけです。

さて、こういう視点から〈戦後詩〉を問うというのは〈戦後詩〉全体をひとつの規範としてとらえることとほぼ等しいと言っていいかもしれません。さきほどのことばで言えば、〈戦後詩〉を風景としてみると言ってもいいと思います。そこで重要なことは、そのようにみている自分もまた、いつのまにかこの風景にとりこまれているということです。それは、自分がこの風景の一要素だというよりも、知らぬ間にこの風景になじみ親しんできた結果、そこから自分を切りはなすことができないという意味で、この風景が自分のなかに規範化されているということなのです。このことをわたしはかつて、〈戦後詩〉三十数年の歩みをまるごと受けとめた世代の必然として、この総体としての〈戦後詩〉を対象化するのだ、と書いたことがあります。いま、わたしにはこの必然性がよくわかるような気がするんです。

ところで「方法としての戦後詩」というモチーフで思いついたことをアトランダムに書きつらねてきてどうやら見えてきたことは、当初の思惑と少しずつずれてきて、最近の現代詩は〈戦後詩〉という範疇からますます逸脱してきたな、という結論らしいものでした。わたしの方法の前提としては、現在書かれつつある詩、つまり現代詩もまたなんらかのかたちで戦後詩を否定的にせよのりこえていくにちがいないという確信がありました。いまもこの確信はゆらぐことなく、むしろ、だからこそ方法としての戦後詩なのだ、と言いたいのですが、ただ、ことばの問題のうえだけで言えば、やはり最近の詩の傾向にみられるように、ことばの意味とか思想性とかが極度に拡散しているという印象はまぬがれないわけです。この、ことばの意味とか思想性というものが戦後詩の中心的な規範であったことを考えあわせますと、現在の拡散状況がいかに〈戦後詩〉からの逸脱を企んでいるものか、そこから走ってきた距離がどれほどはるかなものか、想像できるのではないでしょうか。その拡散現象が書き手に意図されたものかどうかということ、それからこの現象がたんなる解体であるにすぎないのかどうかということ、こういった問題について次に考えてみなければならないと思います。

『詩学』一九八四年十月号で瀬尾育生と吉田文憲が「詩の一九七五年以後」という対談をやっています。このなかで、なぜ一九七五年が問題になるのかというと、荒川洋治が『水駅』という詩集を出したのがこの年で、この詩集はそれ以前とそれ以後とを画するような位置にある詩集だ、というのがこの二人の対談の共通認識になっているわけです。そのあたりの時期の判断はともかく、現在の詩の拡散状況がかなり長いあいだつづいてきているというのはまぎれもない事実です。ここから二人の結論は戦後詩は解体した、というものになって出てくるわけです。この結論はそれだけでとりだせば正しいにちがいないのですが、わたしとしては個々の問題にたいして異論もあり疑問もあるんです。それをひとくちに言えば、戦後詩の解体を事実として指摘することや、その不可避さを強調することは自明であって、それがどのように解体すべきなのか、あるいはどのように解体させようと思っているのかを示さなければ、ほんとうの解体にはならないということなんです。

たとえば吉田文憲の発言のなかに次のような部分があります。

《さっき吉本さんの「言葉の囲い」っていう言い方があったけど、それは詩が修辞的に固着化しちゃったということだよね。要するに、現代詩が定型化したってこと。（中略）「詩人」でも「表現主体」でもいいんだけど、そういうものは死んじゃったんだよ。頼るべき内面とか信ずるべき自己なんてものはどこにもなくなって、そこが不定型なものになってしまった。》

つまり、現代詩そのものは定型化し、表現する側は内面とか自己を失なって不定型な曖昧なものになってしまった、と吉田文憲は言おうとしているわけです。わたしはこういう言いかたはきわめて雑駁な言いかただと思います。現代詩の定型化というのは、それが戦後詩という定型から一歩も出ようとしていないという意味であれば、現代詩と呼ばれる部分の一部にはたしかに該当するでしょうが、その枠組から脱しようとしている書き手たちからしてみれば、こういう言いかたはひどく没主体的です。もっとも「表現主体」なんてものは死んじゃった、と主張する吉田文憲のことですから、没主体的というのも当然かもしれませんが。「言葉の囲い」というのは吉本隆明の『マス・イメージ論』のなかのことばですが、現在のことばの状況としてはたしかに、なにかより大きなものにからめとられているような力が全体として加えられているという実感はだれも否定することはできないでしょう。しかし、そういう力が支配的であるという状況全般を認めるということとそれを否定的に媒介しようとする表現行為が、にもかかわらず、定型的であることとは、明らかに別個の問題であるはずです。それは、一方はたんなる現状認識であるのにたいして、他方は主体的思想的な営為だからです。

この問題と関連して言えば、〈主体〉とか〈思想〉ということばにたいして吉田文憲は極度に反撥する意識があるようです。かれの感覚からすれば、十九世紀ロマン派ふうの〈内面〉とか〈自我〉といった観念、それを現代におきかえた〈詩人〉とか〈表現主体〉というのは古くさい観念で、そんなものはもっと現代的な表現思想からすれば、とるに足らない問題だと言いたいにちがいありません。わたしは仏文出身ですからよくわかるのですが、一般に仏文系の人たちにはこうした直輸入の批評用語を、現実の日本の風土にスライドするのに巧みでこそあれ、そのなかに息づいている批評の根本精神ともいうべきものを日本文学ないし日本語の核心にある思想風土ときびしくたたかわせて検証するという手続きにひどく無関心であると思われるところがあります。それが知的スノビズムを免れるためには、それらの方法が現実の問題にたいしてどれだけ有効な方法たりえるかを実証してみせる以外ありません。

ともあれ、吉田文憲がいうところの「詩人」の死滅、「表現主体」の消滅というのは、マラルメやブランショを借りるまでもなく、そんなものはもはや実体として無条件に存在しているとはだれも考えてはいない。あるいは稲川方人あたりがしきりに攻撃するところの〈作品〉という概念についても同じことが言えるのですが、そういった旧態依然とした概念がいつまでも残存していると考えることのほうが滑稽なのではないでしょうか。そういうことばを使うのは、とりあえずそれに代わる手ごろな用語がないからであるにすぎないわけです。

ちょっと話が脱線したようですが、さきほどの対談で瀬尾育生は次のように発言しています。《ぼくも戦後詩というものは解体した、もう終った、と言いたい。というのは詩を、戦後的な思考の定型や倫理の定型から解放したいということなんだけどね。ただそのときに、そういう定型を「回避する」というやり方をしたくない。そういうものを回避して詩が入りこんでゆける無償性の領域なんてものがあるわけじゃないんだから。》

まだしもこういう言いかたのほうをわたしは信用します。それは事実の追認であるよりも、現実を思想的に把握しようとする態度だからです。

ところで、これはまったくの偶然なのですが、同じ号の『詩学』に近藤洋太が同趣旨の文章を書いています。そこでかれは、〈戦後詩〉の終焉を一九六八年、思潮社からの現代詩文庫の刊行の時期に見定めようとして次のように書いています。《現代詩文庫の刊行によって、私たちは一挙に『荒地』以降の「戦後詩」を俯瞰しうる位置に立ったのだ。しかし、それは同時に「戦後詩」を平準化し、カタログ化せしめたのである。これは「戦後詩」の終焉が、「現代詩文庫」の刊行を促したといっても同じだろう。》(「『おれは世界の何に似ればよいのか』」)

これはなかなか面白い視点だと思います。ただ、厳密に言えば、現代詩文庫の刊行による〈戦後詩〉の平準化、カタログ化が現実のものになるのは、それが質量ともに充実してきた七〇年代になってからではないかと思われます。それがわたしと近藤洋太の認識の相違を生んでいることは否めません。ともあれここから、近藤は、こうした〈戦後詩〉の終焉期に出現した荒川洋治の詩をさして「見事に主体を欠落させた詩」であり、「詩のコピー化のはじまりを象徴する名文句」であったが、それはついに谷川雁の詩の一行に及ばないと結論づけています。この指摘は基本的に賛成することができるものだと言っていいと思います。最後にかれはこう書いています。

《「戦後詩」はとうに終焉したのである。にもかかわらず、私たちはまだ「戦後詩」を超える詩を生みだしてはいない。（……）「戦後詩」の規範を超えるには迂遠なようでも、各自の方法で「戦後詩」の成立―展開―終焉に至る過程をつぶさに再検討してみるしか方途はないのだ。》

たしかにその通りです。さまざまに意見の違いや対立を孕みながら、この問題を論じてくれる人があらわれてほしいと思います。そうなったときはじめて、わたしたちは〈戦後詩〉という風景を創造的に解体することができるようになるだろうと思います。

4　風景のなかの風景

最後にひとつだけ考えておきたい問題があります。

さきほどわたしは〈戦後詩〉をひとつの風景とみなし、その風景が自分のなかにも規範化されていることを認めざるをえない、と言いました。そして〈戦後詩〉を対象化するということは、この規範としての風景からの自己解放としての側面を強くもつことであり、この作業はわたしたちの世代にとってあるやむをえざる必然があると言ったと思います。

おもしろいことに、わたしたちの世代におけるのとまったく逆転したところで、〈戦後詩〉のうちにみずからの世代の規範をもとめようとする人たちがいるのです。それはわたしたちのひとつ上の世代のことです。つまりかれらは、わたしたちが、解体しはじめた〈戦後詩〉の外側から詩にとりついたときに、すでに〈戦後詩〉の内部にすみついていた人たちなのです。すくなくとも、〈戦後詩〉の生成原理のひとつである戦争の問題に深くかかわらざるをえなかったという意味では、かれらの世代までが厳密な意味で〈戦後詩人〉と呼ばれるべきなのでしょう。かれらのうちのひとり菅谷規矩雄は、『詩とメタファ』という本のなかで次のように述べています。

《ひとつの世代にとって、さいごの課題は、死をひきうけることだが、最大の課題は、〈幼年〉を解読することである。そしてそれは（幼年＝戦争の解読は）、わたしたち（昭和十年代生れ）にたいして戦後が負荷しているさいごの難問でもある——なぜなら〈戦争〉はわたしたちの〈前＝意識〉（あえて無意識とはいわぬが）そのものであり、この〈前＝意識〉は、それぞれの個体のトラウマではなく、世代的なトラウマそのものを残存させているからだ。》（「戦後詩の帰結」）

菅谷規矩雄の文章がここで対象としているのは、新井豊美の『河口まで』という詩集ですが、そこでかれは『河口まで』の「あとがき」を参照しつつ、みずからの幼年の記憶、幼年期に受けた戦争の傷あとに想念を及ばせています。「昭和十年代に生まれたものにとって、戦争とは、いわば余儀なき原点である」と新井豊美は書いており、そこから〈戦争〉をめぐるさまざまな感情に〈決着をつけたい〉とする痛切な思いがこの詩集を成立させているのですが[1]、そのことに菅谷規矩雄はなみなみならぬ共感をもってこたえているわけです。

これは「方法としての戦後詩」でも書いたことですが、わたしたちの世代より七、八年から十年ぐらい上の世代の人たちこそ、ものごころついたときから今日までの戦後時間をほとんど全的に生きたという意味で、本質的に戦後世代の第一走者と言えると思うのですが、してみると、菅谷規矩雄などは詩におけるこの戦後世代の代表的なひとりと言っていいと思います。それにつづくわたしたちにしてみれば、この人たちの戦後時間がどのようにして流れ、どのようにしていま解体に瀕しているのか、ということについて非常な興味を覚えます。菅谷規矩雄は、一九六〇年代後半に現代詩の中心的な勢力のひとつであった『凶区』のメンバーですが、おもしろいことにこの『凶区』のひとりひとりのその後の活動をみてみると、『凶区』が解体してからまだ十四、五年しかたっていないにもかかわらず、それぞれの仕事において共通するところがほとんどなくなっているという事実があげられるのではないでしょうか。つまり、これはそれほどに『凶区』のメンバー構成が偶然の寄り集まりにすぎなかったからでしょうか。わたしはそうとは思えない。むろんそれもあるでしょうが、それ以上に、一九七〇年代から今日にいたる時間の流れの早さ、変貌の激しさにそれぞれの詩人たちが明確な対応軸をもてず、ひとりひとりの持ち場においてのたたかいを余儀なくされた

☆1　新井豊美詩集『河口まで』については「〈母〉の原像への旅」（『幻視者』34号、一九八四年十二月）で書いたことがある。詩論集『詩の時間、詩という自由——「同時代詩通信」より』れんが書房新社、一九八五年、に収録。

からではないかと思います。そこである者は解体され、ある者は個有の方法とか思想に依拠することによって辛うじて今日まで持続しているというふうに見えるのです。

菅谷規矩雄もその後者のひとりであるわけですが、たしかに詩の最前線で踏みとどまっていけるというのは大変な力量がいると思います。つまり詩というのは、生活的なレベルでの強制によるものではありませんから、あくまでも現実世界の全体にたいして意志をもってひとりで立ちむかうという場面をつねに想定していないと、たちまち崩壊せざるをえないものだからです。その意味では詩という表現はきわめて過激な思想行為であると言えるでしょう。ともかく、わたしたちの世代としては菅谷さんをはじめ、この世代の人たちにこの過激な思想行為をとことん押しつめていってもらって、〈戦後詩〉という風景の解体に主体的に動いてもらうにせよ、またその風景のひとつになって解体されてしまうにせよ、戦後世代の第一走者としての責任をまっとうしてもらいたいと思います。わたしたちの世代の仕事はそれらをも対象化しえたところではじめて意味を結ぶのだと考えたいと思います。

花神社版あとがき

本書の大部分を占める「方法としての戦後詩」は、わたしの個人編集誌である詩と批評誌『走都』に五回にわたって連載されたものから成っている。『走都』のような手づくりの詩誌は時間的・経済的事情からいって年二、三回刊がやっとであり、そうした詩誌に発表したこともあって、この連載評論も完成までにほぼ三年かかっている。したがって、読んでもらえばわかるように、この評論の最初と最後とでは論旨に少なからぬ変動が生じてきている。そもそもこの長篇評論を書き進めるにあたっては、自分が詩を書き、詩やことばについて考えていくうえで手ぢかにある（と思われた）〈戦後詩〉なるものを渉猟し、それを検討することを媒介として詩の〈現在〉、ことばの〈現在〉へみずからを運んでいこうという企みが孕まれていた。そのことは必然的に〈戦後詩〉のさまざまな達成を現時点で評価しなおすとともに、それに照らしあわせるようにして、いま現在書きつがれている詩作品についても批評したり肯定的か否定的に対応したりする作業を連繫させることになった。だからこの評論は、それぞれの部分が書かれた時点において、〈戦後〉という時間と〈現在〉という時間の二つの契機を重層させているという意味で、広くも狭くも時評的な性格をもっていたはずである。そうしなければ、いまだ終わらざる〈戦後〉時間の、どこまでもアメのように伸びる時間の稀薄化のなかで、みずから〈戦後〉の解体と〈戦後以降〉の時間を体現しうるような構想を抱くことすらできないと思われたからである。静態としての完結した詩史ではなく、みずからがその一モメントであるような〈戦後詩〉的時空間のなかでのことばとの格闘を対象化しようとするかぎり、こうした方法的対応は避けられなかった。だからこの評論を書くことで、自分の見方や考え方に変化が生じたとしても、わたしにとっては納得のできることではあれ、いささかも異とするものではないのである。

以上のような考えもあって、本書では、書いた時点での表記や言い回しを尊重させてもらうことにした。時間との対応ということがこの評論を書きすすめていくうえで重要なモチーフであったから、書き終わった現在の眼で手を入れるということは自己矛盾であり、事実としても不可能だったからである。

また、本書には、「方法としての戦後詩」に連続するものとして、このテーマを中心に書いた二つの文章をも収めた。これらは「方法としての戦後詩」のモチーフを転化し、あるいは相対化するために書かれたものであり、相互に媒介されるべきものであると思っている。これらを含め、以下に、本書を構成している部分の初出形態その他についてコメントしておきたい。

序章・第一章――「方法としての戦後詩（一）」（『走都』9号、一九八二年五月）

第二章――「方法としての戦後詩（二）――〈闇〉の構造とその力学」（『走都』10号、一九八二年十一月）

第三章――「方法としての戦後詩（三）――〈敗戦〉の意味」（『走都』11号、一九八三年三月）
第四章――「方法としての戦後詩（四）」（『走都』12号、一九八三年九月）
第五章――「方法としての戦後詩（五）」（『走都』13号、一九八四年九月）

＊

書かれた。[☆1]）
ポスト戦後詩の構想――『詩学』一九八四年七月号〈詩論'84〉というリレー連載のひとつとして
　戦後詩という風景とその解体――同人詩誌『SCOPE』11号（一九八五年一月）に連載していた「同時代詩通信」の番外篇として掲載。この文章は、もともとは、「無限アカデミー現代詩講座」（一九八四年十一月二十八日、明治神宮外苑絵画館文化教室）のために準備した草稿に手を入れたものである。
（なお、この『SCOPE』で連載していた「同時代詩通信」を含む時評的評論を集めた『詩の時間、詩という自由――「同時代詩通信」より』は本書につづいてれんが書房新社より刊行の予定。）

　以上の文章を構成したものが本書であるが、いまから読みかえしてみると、いささか気恥かしいところもあり、過剰に論争的なところも散見される。しかし、これを書くことによって新しい地平がみえてきたという意味では、わたしにとって記念すべき一冊となったことはたしかである。そして言うまでもなく、このテーマにそった考察はまだまだ端緒についたばかりであり、これを踏まえ

☆1　内容的に不満があり、本書では収録しなかった。

たさらなる展開が必要であるにちがいない。それをやっていきたいと思う。

本書が世に出るためには多くの人びとのさまざまなかたちでの支援や批評や励ましがあった。いま、そのひとりひとりにお礼のことばを申し述べることはできないが、とりわけ、この連載評論の第一回目から貴重な助言をいただいたばかりでなく花神社での刊行を推進してくれた大岡信氏、さまざまなかたちでヒントを与えつづけてくれた郷原宏氏、そしてこんな売れそうもない本の出版を企画してくださった花神社の大久保憲一氏、それにたえずまわりから力強い声援をおくってくれた『SCOPE』の友人たちにたいしては特別の感謝のことばを申し上げたい。あとはこのささやかな評論集が世の中をどのように波を立てて進んでいけるか、ひたすら見守るばかりである。

一九八五年八月

野沢　啓

［解説］敗亡傷痕からの豊饒

八重洋一郎

著者、野沢啓が三十七年ぶりに『方法としての戦後詩』を再刊する。当時三十代前半の気鋭の著者の、詩の根底からの〝挑戦作〟である。なぜ今、それが再刊されるか、著者はその動機をいろいろと綴っているが、私（評者）は著者とは一応離れた立場でこの出版事情を次のように解したい。著者は最近、『言語隠喩論』をまとめて、それに基づいた実際の評論活動（フィールドワーク）も行なっている。

さてこの企ては成功するであろうか。その発想者である著者はもちろん成功すると信じながらも、評論はあくまで「書く」という未決定の作業であるからその成否は未知である。この未知の状態において全体を俯瞰しようとする。ただ今の著者の位置を、評者はひとつの模式図を作ろうと考え、それを次のように囲碁の対局場面に擬《なぞら》えようと思いついた。

対局者の一方はもちろん、安保闘争（当時、野沢は十一歳のため参加不可能）や大学闘争（全力挙げて賛同参加）の経験を持ち、基本的にその敗北の傷痕に呵まれ、深く規定されつつ日々を過し現在に至っている著者、野沢自身である。対局相手は、本書の題名が示すように戦後詩（を担ってきた詩人たち）である。現在、盤上の局面は一進一退を続けていて、著者はその局面をなんとか有利に進めようと、慎重に慎重を期して〝長考〟に入る。『言語隠喩論』という大きな方針はあるが、これからは現在の盤上を眺めつつ、ひとつひとつの石を「読ま」なければならない。

もう一方の対局相手は「戦後詩」という抽象的主体であるが、それが『荒地』、『櫂』、『凶区』……などの石を布置、布石する。また、鮎川信夫、田村隆一、飯島耕一、吉本隆明、谷川俊太郎、大岡信……という石を打つ。

さて、実際の対局場面はどのように展開されるか。私の設定したいいささか安易な模式図の有効性はここまでである。それでも本書の構成や登場人物(詩人)たちの立場やその詩的肖像を何がしかは反映しているであろう。

具体的場面に移ろう。そこで著者、野沢はどんな発言をしているか、どんなふうに考えているか。いかなる言説を開陳しているか。

まず戦中派が集ったと言われ、戦後初期に大いに詩的勢力を張っていた『荒地』派。その荒地派の中心的存在であった鮎川信夫が徹底的に解剖される。野沢は鮎川のした仕事を公平に高く評価するのであるが、最後は次のように断ずるのである。「みずからの詩的表現の意味を〈戦争〉の与えた世代的意味の確認とその持続のなかに宙吊りしようとした鮎川の出発そのものがはらんでいた矛盾は、戦後的危機の顕在しているあいだは危機そのものの表現を〈遺言執行人〉の資格においてあざやかに提出するかたちをとってもちこたえた。しかし反面、詩の表現が本質的に希求するなにか不可視のものへの接近というモチーフをいちはやく戦争の死者たちへの鎮魂という視えすぎる結末へむけて放出してしまうことで、言語の根源的な闇へ降りてゆくことを鮎川は断念したのである。

いや断念と言うより、彼個有の資質から言えば、そんな闇のなかに自己を手放すぐらいなら、最初からそんなものには近づこうとしなかったのだと言うべきかもしれない」（本書三九ページ）と。

　次に『荒地』派では若手であったが、後に戦後詩へ大きな影響力を持つに至った吉本隆明の『戦後詩史論』について、「ああ、これは吉本さんの詩史論的関心の終着点だ」（九―一〇ページ）「この戦後詩総体を内在化することでみずからの表現の根拠を見出そうとするわれわれの世代に個有の課題と共通する問題意識はもはや期待すべくもないことを痛く思わざるをえなかった」（一〇ページ）、更に吉本隆明の鈴木志郎康との対談での次のような発言、「日本の近代詩からあとの歴史の中で、詩人が言葉ということを気にしたのは二回あって、一回は明治の末、つまり象徴詩で、薄田泣菫とか蒲原有明という人たちの頃と、ここ五、六年との二回だけですね。……」（一一―一二ページ）に対して「最近の数年間における新たなことばへの関心という把え方に首をかしげざるをえない」「ことばへの関心の高まりがほんとうにあるとすれば、それは必ずや表現の新たな展開をともないながら思想的にも充実したうねりを現出するはずではないか、と思われるからであり、しかるに現在の詩はそのような高揚期にありえようがないではないか……」「この部分を読んだとき、その一瞬の眩惑にいささか狼狽させられた」（一二ページ）と首をひねり、対抗責任上次の正論を附加するのだ。すなわち「ことばに関心をもたぬ詩人などほんとうに詩人と呼びうるだろうか。そして本質的に言語を探求せずにいられない詩人が不可避的にことばの新しい断面と向きあうことと、現実の表層の変化に対応して手持ちのことばにすぎないものに新しい衣装を着せることとの、似て非なる表現構造を区別しないでは、現在の詩状況を根底から再転倒させることはできないのである」「〈修辞的な現在〉がないと言うのではない。そのような一見すると普遍的な現象のなかにわずかな可能性を見出し、それに賭けようとすることがもとめられている」（一三ページ）。

　次に飯島耕一について。野沢は彼に対しては期待が大きく（飯島は現代の覡！）、大きかった分、失望も大きかったと思われる。

　飯島はシュールレアリスムに興味を持つなど西洋かぶれの傾向がおおきかったが、日本の擬伝統的暗黒意識、すなわち天皇制に対してもかなり無意識であった。彼は西洋文化の新鮮さと、日本天皇制が人心《じんしん》を覆っている日本民衆の（彼自身は地方インテリ層の出身）湿った暗いいかなる価値観とも言えない底辺習俗を、二つとも同時に無意識に受け入れるともなく受け入れている「古い詩人」であった。「〈西欧〉と〈日本〉の未分化な状態がこの詩の根底にはかくされていた」（「バルセロナ出身の鳩」への評）（七九ページ）といい、その証拠に飯島の宮古島訪問を挙げる。次の文を飯島の〈池間島案内〉より引用。「池間島上陸のあと、部落へ入り、浜へ行き、島でただ一軒の食堂であるソバ屋で郷ひろみと天地真理の古いポスターを見出すまでの三十分間に出会ったものは、〈つげ義春のマンガさながらの、一種ネガの世界〉であり、〈小さな、低い、四角な南島独特の住居の並ぶ〉部落であり、そこを〈曲りくねった、しかものぼり下りする、まるで古代的なジェットコースターのような道〉が細々とつながっている謎めいた世界であり、突然その道にあふれてくるたくさんの老婆と幼童であった。／《わたしはかつてこれほど夢まぼろしのような歩行をしたことがない。未知の部落の奥へ、一歩、一歩、入りこんで行く、なまなましくおそろしげな、瞬間のつらなりがあった。……」。「飯島の直観がここで把えようとしていたのは、このときまでかれの潜在意識をとらえて離さなかったにちがいない自己存在の〈闇〉の部分であったと言っていいだろう。自身の〈戦争〉体験を戦後においてはじめて実体化したのが『他人の空』の諸作品であったとすれば、この『宮古』はそれ以後くりかえし対象化された〈日本〉というモチーフに構造的な論理性と深みを与える視角と方法を獲得した詩集である……」「〈宮古〉とは飯島の個有の表現にとって自己の〈闇〉の核心をつく方法の象徴であった。そしてまた、宮古をふくむ南島とは、日本の〈辺境〉に位置しながらその歴史的・宗教的・文化的な成立与件において〈日本〉の根源的な〈闇〉を象徴するものでもあった。その意味でも飯島が〈宮古〉に魅かれたというのは必然」と野沢は続ける。さらに「釈迢空の沖縄の詩と歌」のなかの「戦後三十三年、ぼくはもっとも戦後意識にこだわって、それに執着してきたほうだと思う。それが南島へと救いを求め、一気に視野がひろがってきたのではないかと思う」を引き、「飯島は〈宮古〉において自身の存在の闇が原初的な形態のままに現前しているのを見たと思ったはずである。」（八二―八三ページ）「飯島の個有存在を貫通していた――そしてそれが民衆をファシズムへと一元的にかりたてていた――日本固有の共同体構成とそのイデオロギーの構造を問うことが残された最大の課題としてここにせりあがってきたのである。」（八三―八四ページ）

ところが、「この恰好のテーマは、それがみずからの存在の闇を根底から照射してしまう力をもっているため、飯島自身によって無意識のうちに遠ざけられてしまった。（中略）〈宮古〉とは必然的に時間の空間化とも言うべき契機を孕み、そこを押しつめていけば、日本的（擬）自然の原型とも言うべき天皇制的共同体の構造をいやおうなしに浮上させる可能性がありえたはずである。もしそうであれば、そこに若き飯島の心をとらえた日本ファシズムの形成原理を抽出しうる思想（詩）の可能性がうまれたであろうし、そのことによって〈戦後〉を止揚する方向のひとつが時代の闇のなかから姿をあらわしたかもしれないのだ。」（八六―八七ページ）という。

しかしながらこの夢は飯島の不可解な良識により千載一遇のチャンスを逸することになってしまう。ここで野沢は、「飯島の〈戦争〉と〈戦後〉を今日において一元化してとらえうる視野を与えることによってしか、そのモチーフの豊饒を展開しきることはないのである」（八七ページ）と言い、飯島は方法意識の欠如によって、その詩の可能性の半ばに止《とど》まってしまったと長嘆息する。

私（評者）は長々と著者野沢の文を書き写したが、それはここに本書の、つまり野沢の方法が集中的に現われていると思われたからであった。

ところで、飯島を追走する谷川俊太郎、大岡信、茨木のり子などが集う『櫂』派について語ることが著者の次の仕事となる。『櫂』同人たちは先行する『荒地』グループに対抗しようと、観念性のすくない生き生きした感受性あふれる詩を書いた。彼はまず大岡や谷川や岩田などの詩を、「戦後詩の新たな胎動は一九五〇年代に書かれた次のような作品群に象徴される位相において実質的な力量を獲得した」（二七八ページ）として、大岡、谷川、岩田などの詩を挙げる。「そこに盛りこまれた感受性の精妙な把握など、『荒地』派の詩にはやはり存在しえなかった」（一八一ページ）「大岡の感受性は、原爆のキノコ雲を〈薔薇色の巨大な花〉と見、そこに〈むかつくような美しさ〉を感受してしまう。そこには個のレベルで感じとられたことの感覚的に自由な発現がみられるわけで、こうしたみずからの感受性を素直におしだしていける精神は、この時代の『荒地』グループのなかにはついに見出せないものだった」(一八二ページ)「じつに屈託のない、幸福な時代だった」「この時代こそ、戦後史のうえで特筆すべき二つの転形期のはざまにあって、しかもなお時代の命運を予知させる暗い影からも解放されていた不思議な時代だったのだ」(一八五ページ)。「むろんこれが一九六五年の日韓条約締結に象徴される日本帝国主義の海外への経済進出＝侵略をテコにした国内での見返り的表現であったことは明らかであるが」(一八四―一八五ページ)、日本資本主義が朝鮮動乱、韓国への資本投下の成功(?)によって「事物は巷に溢れだし、人びとのフトコロは自然に豊かになり、とどまるところを知らないかのごとき幻想がふりまかれ」(一八四ページ)社会全体がウカレ、詩そのものもせっかくの感受性も純粋さも、それによって提出されたと言える深い影響力も経済社会のなかで蒸発発散してしまう。著者はこの状況を決して見逃すことはなかった。

「わたし(野沢)が大学に入学したのは一九六八年であるが、この年から翌六九年にかけての時期は、戦後の歴史のなかで、いや日本近代の歴史のうえでといっても同じことだが、(ここで野沢の口調が重く苦《にが》くなることに留意)おそらくもっとも深い意味で政治的イデオロギー的でありえた時期だったと言ってよいと思う」(一八五ページ)、「今日では考えられないような〈事件〉が日常茶飯に展開されていたのである」「教師と学生という、日常的には対立の見えにくい関係のなかに孕まれた、支配する者と支配される者の関係、教育という名と場をかりた支配の論理の貫徹をめぐっての構造的対立においてそれが危機的な本質を現出したことをおいてはありえなかったと言いうる。つまりここでは、ありとあらゆる関係のなかに潜んでいる支配の論理との対決、そのイデオロギー性の摘発が問題だったのであり、それが教師―学生間の対立の主要な争点と考えられたのは当然のなりゆきだったと言っていい」、「その意味でこの時期の思想課題が政治主義的である以上にイデオロギー的・観念的であり、イデオロギー的・観念的であることによってはじめて政治的であるという戦後史のなかで唯一の運動性を獲得しえた経験で……六〇年代末の闘争は、自己という主体の個別身体性のなかに〈政治〉を位置づけることによって、なによりも政治主義的な運動のレベルを超えたのである」（一八六ページ）とその見解を示す。

続けて「天沢退二郎や渡辺武信といった鋭敏な感受性をもった新しい書き手たちによってはじめて詩表現のうえで、ある新しい切り口をともなうものとして対象化されたのである」（一九一ページ）と評価する。すなわち「『凶区』、とりわけ天沢退二郎や渡辺武信の表現は本質的には五〇年代詩の正系の流れを継承するものであり、この系譜が六〇年安保という戦後日本の最初の転形期であり〈近代〉と〈前近代〉がはじめて正面衝突した時間を通過するときに発した不協和音であったというふうに。」（一九四—一九五ページ）

時代は若い野沢たちが苦しまねばならぬ時へと至ったようである。野沢は言う。「どうやらいまからがそのときである。」（一九七ページ）

私（評者）はここまで感受性史という趣《おもむ》きで本書を読んできたが、現代・及び歴史には他の重要な問題があることは当然である。そして徹底的に追求されるべきであるが、あいまいなままに残されている問題が少くとも二つはある。天皇制問題とそれと対極的位置にある部落問題がそれである。

もちろん本書でも詳しく述べられている。前者は飯島が発見（?）した「宮古」や北川透の

「禰《でい》」に言及することによって、後者は古賀忠昭の失敗した「作品」を尋究することによって。そしてこれらをまとめて野沢は次のように自分の結論を述べている。「現在の日本の社会構造から個人の幻想領域にいたるまで、くまなく覆いつくそうとさえしているのである。それは、切っても切っても、われわれの存在の根底から芽ぶいてくるような、おそるべきしぶとさをもった否定性であるだろう。それを制度的に壊滅しつくさなければ、真の意味での〈戦後〉はうまれることがないのではないか……。」（一〇三ページ）

著者、野沢が論を進めるに当っての詩作品の選択、複雑な状況へ入り込む精神の柔軟さ、種々の困難な問題を避けることのない真率さ、論理の一貫性などまことに見事である。しかし、これらはあくまで著者の眼前にある「闇」と「困難」、様々な「重圧」を解決しようと工夫熟慮した著者独自の自覚と方法であって、周りの者が自らは思考せず、苦労せず、結果総論のみを享受（？）しようとしても何ら意味はあり得ない。例えば本書では日本社会の戦後を反映して戦後詩の年次的世代論が述べられているが、我々沖縄においては「戦後〇年」という言葉が多くの住民の意識に自然な形で納得、定着されており、もう一つの客観的事実である「天皇メッセージ」が暴かれたことによる沖縄人の深層心理表層心理は共に百八十度回転し、幾度にも亘る密約問題で一層の〃不信〃が醸成され、そして現在、台湾有事を称える保守政治によって、米海兵隊と日本自衛隊がますます強化され、その他様々な問題が日毎に頻発し住民意識は極度に複雑化し、それゆえ本書で取り上げられている清田、作井が辛うじて表出した言葉が深く共感されている。加うるに大量に流入する資本に自然も文化も崩壊寸前である。言わば沖縄住民の眼前には鉄壁の如き困難が立ちはだかっており、これに立ち向かい、一歩でも二歩でも歩みを進めるにはどうすればいいのか、当然のことながら、困難な状況を様々な場面にわたって繰り返し対象化し、これを打ち破るための強固な方法が必要となる。

本書の著者・野沢は自《みずか》らも負うてしまった青春時代の深傷《ふかで》、その自分の身体を唯一の根拠とし(二八八ページ)、天皇制を頂点とする陰湿かつ無責任な日本社会の闇を撃つ。状況を対象化し、強靭な方法を探究確立し、そのことの必要性、緊急性と継続性を強調する。野沢の若い感受性と論理能力、不抜の意志がひとつとなって、現代状況の変革をめざす。これはあらゆる社会の底辺にあって同じく変革を志す弱者にとって大いなる激励であり、また具体的贈与である。本書は後の『言語隠喩論』への鋭く純粋な前駆となっている。

著者野沢啓が大いなる決意と自信をもって今後も『言語隠喩論』を推進するよう期待する。

〔わ行〕

[主要人名索引]

●著者略歴
野沢啓（のざわ・けい）
1949年、東京都目黒区生まれ。
東京大学大学院フランス語フランス文学科博士課程中退。フランス文学専攻（マラルメ研究）。
詩人、批評家。日本現代詩人会所属。
詩集――
『大いなる帰還』1979年、紫陽社
『影の威嚇』1983年、れんが書房新社
『決意の人』1993年、思潮社
『発熱装置』2019年、思潮社
評論――
『方法としての戦後詩』1985年、花神社（初版）
『詩の時間、詩という自由』1985年、れんが書房新社
『隠喩的思考』1993年、思潮社
『移動論』1998年、思潮社
『単独者鮎川信夫』2019年、思潮社（第20回日本詩人クラブ詩界賞）
『言語隠喩論』2021年、未來社

[転換期を読む 31]
[新版] 方法としての戦後詩

2022年8月15日　初版第一刷発行

本体2400円＋税―――定価

野沢 啓―――著者

西谷能英―――発行者

株式会社　未來社―――発行所

東京都世田谷区船橋1－18－9
振替 00170-3-87385
電話(03)6432-6281
http://www.miraisha.co.jp/
Email:info@miraisha.co.jp

萩原印刷―――印刷・製本

ISBN 978-4-624-93451-4 C0392

言語隠喩論
野沢啓著

さまざまな哲学的・思想的知見を渉猟しつつ、著者が詩を書くという実践をとおして言語の創造的本質である隠喩性を明らかにする。誰も試みたことのない詩人による実践的言語論。

二八〇〇円

［新版］立原道造
郷原　宏著

〔抒情の逆説〕永遠の青年詩人・立原道造は近代詩史のなかでも燦然と輝く抒情詩の名手であるが、著者によるスリリングな解読は道造理解へのさらなる道を開く。立原論の決定版。

二四〇〇円

岸辺のない海　石原吉郎ノート
郷原　宏著

極寒の地シベリアに八年にわたって抑留され、苛酷な労働と非人間的な強制収容所生活で人間のぎりぎりの本質を見とどけて帰還した石原吉郎をめぐる力作評伝。石原論の決定版。

三八〇〇円

詩人の妻
郷原　宏著

〔高村智恵子ノート〕高村光太郎の妻にして『智恵子抄』のヒロインである智恵子をひとりの女として捉える視点から、二人の関係史を中心にその生涯を追跡する迫真の長篇評伝。

【サントリー学芸賞受賞】

二八〇〇円

蒲原有明詩抄
蒲原有明著／郷原　宏＝解説

日本近代詩の立役者のひとりとして、その詩風は官能美と独自の律動感にあふれたもので、近年あらためて再評価が著しい。自選アンソロジーの作品を詩集発表時の初稿に復元する。

二五〇〇円

〔消費税別〕